# 눈물꽃 소년

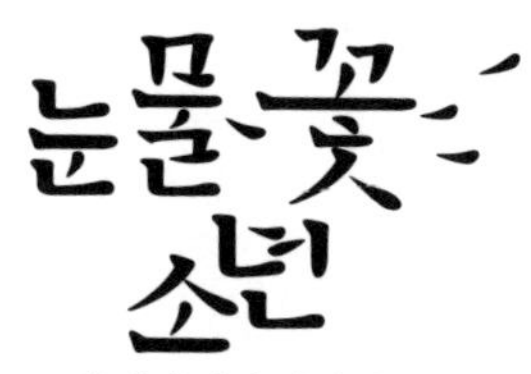


내 어린 날의 이야기

박노해

느린걸음

아직 피지 않은 모든 것을
이미 품고 있던 그날,
우리의 소년 소녀 시절에

# 차례

## 물어물어 찾아간 길

내 키가 할머니 허리쯤에나 닿던 때였다. 할머니가 처음으로 어려운 심부름을 시켰다.

"아가, 저그 정미소 지나 산굽이 길을 가다 보면 말이다. 큰 소나무가 줄지어 서 있고 논 가운데 아름드리 버드나무 한 그루가 서 있는디, 맨 위 다랑논이 우리 논이제. 가서 나락이 고개 숙였는지 좀 보고 오너라. 간 김에 말이다, 거그 언덕에 이 할미가 심은 애기 동백이랑 유자나무가 을매나 컸는지도 보고."

"할무니이… 나가 가본 적이 없어서 길을 모른디라."

"몰라도 사람이 안 있냐아. 물어물어 댕겨오니라."

나는 타박타박 길을 나섰다. 걸어가다가 콩을 거두던 새댁을 만나고 나무하던 아재를 만나고 갯가에서 전어를 잡아 갈대에 꿰들고 오던 용재 형을 만나고 고구마를 캐 이고 오던 윤이 누날 만나고….

만나는 이마다 "오매, 평이 혼자서 으딜 간다냐", "요것 좀 보고 가그라", "여그서 이짝으로 쩌기서 저짝으로 가면은", "거시기는 이라고 머시기는 이라고…" 다들 한마디씩 함시롱 가는 길을 일러주었다.

가다가 목이 말라서 밭둑에 발그레한 대추알도 따 먹고 돌배랑 팥배알도 따 먹고 산국화도 따 물고, 산언덕에 배깔고 누워 기러기 떼 나는 하늘을 바라보며 괜히 슬퍼지다가 투욱, 머리에 알밤 주는 밤나무를 씨이, 발로 차다가 후

두두두두 외려 몰매를 맞고서 웃옷을 벗어 밤을 그득 싸 들고 뉘엿뉘엿 집으로 돌아왔다.

"할무니 할무니 그랑께 말이요. 윤이 누나를 만낭께 말이요, 아랫동네 아재가 지게에 태워줘서 말이요…"

"아가 그려 그려. 근디 나락은 고개를…"

"그랑께 할무니. 소나무 아래서 꿩이 푸드득 나는디 가봉께로 알을 깠어라. 오다가 뱃마을 성님을 만낭께요, 내일 물 들어올 때 전어 떼가 솔찬히 들 꺼라는디요."

"아가 그랑께 유자나무는…"

"글씨 할무니 나가 알밤을 줏어 왔어라. 한나 까 드셔 보시요잉."

"아니 그랑께 애기 동백은…"

"아따 할무니 걱정마시씨요. 나락도 연두색으로 익어가고요, 수수도 고개 숙임시롱 할무니 안부 물으십디다. 글고요, 먼 애기 동백이다요. 나보다 더 키가 큰 새악씨 동백이드만요. 유자도 황금빛이 살랑살랑 함시롱 향기가 을매나 좋은지라. 할무니 얼렁 모시고 오라드만요."

할무니 치맛자락만 붙들고 다니고 수줍고 말수가 적던 내가 한꺼번에 말문이 터져버리자 놀랍기도 하고 기특하기도 해서인지 호오, 빙그레 바라보던 할머니는 그제사 밤을 까 입에 넣어주셨다.

"하이고 장하다. 그래, 으찌 우리 논을 찾았다냐잉."

"물어물어 찾아갔당께요. 할무니가 사람이 지도랍시요. 만나는 사람마다 인사하고 물응께요, 다 잘 갈쳐주고 이뻐해 주든디요."

"잘했다, 잘혔어. 그려 그려, 잘 몰라도 괜찮다. 사람이 길인께. 말 잘하는 사람보다 잘 듣는 사람이 빛나고, 안다 하는 사람보다 잘 묻는 사람이 귀인이니께. 잘 물어물어 가면은 다아 잘 되니께."

# 남겨두기를

가을은 참말로 바빴다. 하늘은 높푸르고 햇살은 투명하고 열매는 단물이 차오르고 단풍잎은 곱기만 한데, 그렇게 좋은 날들은 바쁘기만 했다.

가을걷이를 마치자마자 작물을 타작하고, 대추 밤 호두 배 감도 따야 하고, 갯벌 바다에 몰려드는 전어 떼를 잡고, 해초도 따고 김 파래도 건져야 하고, 새우 밴댕이 멸치 토하 낙지 바지락 젓갈도 담아야 하고, 가을 운동회랑 소풍도 가야 하고, 짚을 엮어 지붕갈이를 하고 김장도 해야 하는 숨가쁜 가을날.

바둑이도 꼬리치며 거들고, 지게 진 어른들도 소쿠리를 머리에 인 엄니 누나들도, 두 팔 가득 나르는 아그들도 종종걸음으로 분주했다.

"이건 하느님의 실수가 분명하당께요. 어쩌케 날씨 좋고 풍성하고 아름다운 봄가을만 요로코롬 짧고 바쁘게 만들었당가요. 하느님의 실수가 아니믄 심술이랑께요.”

나는 미사 때 호세 신부님한테 툴툴거렸다.

“가스파르, 하느님한테 한번 따져보드라고. 야무지게 편지 한번 써서 보내봐야. 봄가을 좀 길게 늘려주라고잉. 하는 김에 젊은 날도 늘리고 수명도 엿가락마냥 늘려달라고 빽 좀 써봐야. 하하하.”

“아따, 신부님도… 내 편 좀 들어주시제. 그러코롬 말도 안 되는 소리로 놀리신다요잉.”

“좋은 날은 말이제, 짧아서 좋은 것이여. 귀한 건 희귀하니께 귀한 것이고. 그랑께 감사함이 있고 겸손함이 있는 거제. 하이튼 하느님한테 답장 오믄 나한테만 살짝 알려주드라고잉. 하하하.”

어쨌거나 나는 하느님한테 편지 쓸 시간도 없이 바빴다.

하루는 엄니가 햇살 좋은 마당에 멍석을 깔고 수확한 녹두랑 팥이랑 수수를 부어 당글게로 고르게 펼쳐놓고 내게 일감을 맡겼다.

“이 장대 들고 새들 좀 봐라이. 이따금 당글게로 뒤집어 잘 말리면서잉.”

그러고는 바닷가 물둥지에 김장 배추랑 무우를 절이러 나가셨다.

마루에 앉아 숙제를 마친 나는 색색으로 빛나는 알곡들을 뽀닷하게 바라보는데, 웬걸, 하나둘 새들이 날아오더니 요것들이 짹짹짹 호르르호르르 소문을 냄시롱 참새, 동박새, 산비둘기, 까치 떼까지 날아들어 가을 잔치판을 벌이는 게 아닌가.

키가 쬐맨 나는 긴 대나무 장대를 들고 휘청이며 새들을 쫓았다. 처음에는 멀리도 날아가더니 차츰 요령을 터득한 새들이 이쪽에서 쫓으면 휘르르 저쪽으로, 달려가 쫓으면 호르르 이쪽으로 너른 마당을 오가며 잘도 쪼아먹는 거였다. '이런 새대가리'라는 말은 새를 모르고 하는 말씀, 새들은 참말로 영리했다.

"나가 시퍼 보이냐! 나랑 해봐 불자 이거제잉!"

더 씨게 장대를 휘둘러 봐도 새들은 휘뚜루마뚜루 마당가 감나무로, 대추나무랑 유자나무 끝으로, 대나무 사이로 숨었다가 어느새 휘르르 날아와 또 쪼아먹었다.

당글게로 알곡을 뒤집으랴, 훠이 훠어이 소리치랴, 장대를 들고 뛰어다니랴, 요기조기 새똥을 치우랴, 온 마당을 달리다 보니 팔다리는 아프고 배는 고파 힘도 딸리고 그래도 열심히 새를 쫓고 있는데, 노을 녘에야 절인 배추랑 무우를 이고 엄니가 돌아오셨다.

"알곡들 잘도 말렸네. 근디 놀멘 놀멘 하제이, 그리도 열심히 쫓아다닌다냐아. 새들도 좀 묵어야제."

그 소리에 나는 갑자기 힘이 쭉 빠지며 은근히 부아가 나서 암 말도 안 했다.

저녁 밥상에서도 암 말도 안 했다.

"낙지가 맛이 들었다. 금풍생이 구이 좀 먹어봐라. 요거도 좀 먹어봐라."

엄니가 토라져 있는 내 밥숟가락에 찬을 얹어줘도 암 말도 안 해부렀다.

삼종기도를 마친 엄니가 벌써 이부자리에 누운 내 머리맡에 앉아 나직이 말씀하셨다.

"평아, 오늘 애썼는데 서운했냐아. 근디 말이다… 열심이 지나치면 욕심이 되지야. 새들도 묵어야 사니께 곡식은 좀 남겨두는 거란다. 갯벌에 꼬막도 저수지에 새뱅이도 씨 마를까 남겨두는 거제이. 머루도 개암도 산짐승들 먹게 남겨두는 거고. 동네 잔치 음식도 길손들 먹고 동냥치도 먹게 남겨두는 것이제. 아깝고 좋은 것일수록 남겨두어야 하는 것이 아니냐.

평아, 사람이 말이다. 할 말 다 하고 사는 거 아니란다. 억울함도 분함도 좀 남겨두는 거제. 잘한 일도 선한 일도 다 인정받길 바라믄 안 되제. 하늘이 하실 일도 남겨두는 것이제. 하늘은 말없이 다 지켜보고 계시니께."

내 등을 다독다독 쓸어주는 엄니의 손길이 다습기만 해서, 분하고 서운한 마음에 토라졌던 내가 부끄러워서, 나는 이불을 당겨쓴 채 눈물을 삼켰다.

다음 날, 우리 집 마당가 감나무에 붉게 익은 감들이 푸른 하늘에 알알이 눈부셨다. 나는 내 키의 몇 배나 되는 장대를 들고서 감 따기에 나섰다.

맨 꼭대기에 달린 감들은 따지 않았다. 옆집 담장을 넘어간 가지의 감들도 따지 않고 두었다. 새들도 묵고 옆집 아그들도 먹으라고 남겨두었다.

환하게 비워진 감나무에 빨간 등불처럼 남아있는 감들을 본 엄니가 나를 보며 웃으셨다.

"잘 남겨두었다. 이만하면 넉넉하다. 곶감이랑 언 홍시를 만들어서 겨울밤 화롯가에서 살살 녹여 먹자이."

나는 어머니의 말씀을 기도문처럼 외며 잠이 들었다.

남겨두거라. 남겨두는 거란다. 남겨두기를….

# 장날, 할무니 말씀

오일장이 서는 날이면 할머니는 잘 갈무리한 녹두 한 되랑 참깨 한 되를 이고, 어린 내 손에는 짚 꾸러미에 담은 달걀을 들려 장으로 나섰다. 풀을 먹여 숯불 다리미로 빳빳이 다려 입은 할머니의 흰옷에서는 걸을 때마다 사르락사르락 눈길 밟는 소리가 났다.

할머니는 내 손을 꼬옥 잡고 "아가 무겁냐아" 하시며 철 따라 산벚꽃이 날리고 해당화가 핀 동네 길을 걸어 하얀 목화꽃과 연노랑 벼가 일렁이는 논둑 길을 걸어 뻐꾸기 울음소리에 맞춰 장터로 들어섰다.

활기찬 소리가 울리고 웃음소리 흥정 소리 싸움 소리도 들리고, "짐이요, 짐이요" 집채만 한 등짐을 진 장정들이 우두두두 달리고, 좌판 위에서 발을 구르고 손뼉을 치며 "골라요, 골라" 손님을 부르는 왁자한 장터에서 어린 내 심장은 높고 빠르게 뛰놀았다.

할머니가 단골 가게에 앉아 달걀이랑 녹두랑 참깨를 넘기면서 담소를 나누면, 나는 그새를 못 참고 두리번두리번 장 구경을 다녔다.

시장은 사라지는 장소, 나는 장터에서 자주 사라졌다. 풀무질 소리 망치 소리 힘찬 대장간으로, 반짝이는 어물전과 소금 창고로, 악극단의 큰 천막 무대로, 누나들이 서성이는 혼수품 가게로 골목 골목을 누비며 다녔다.

“얼씨구우, 조오타아” 구성진 추임새의 판소리 마당이나, 빙 둘러앉아 사주 관상 봐주는 노인 곁이나, 노점 책방에 서서 대처 소식을 전하며 시국 논쟁하는 청년들 틈이나, 애기 염소랑 토끼를 파는 싸리 우리 옆이나, 나무 의자가 둥글게 놓여있는 외눈박이 팥죽 장수 곁에서 오독하니 앉아있는 나를 할머니가 찾아내곤 했다.

“아이구 아가, 여기 있었냐아” 할머니가 찹쌀 새알이 든 붉은 팥죽을 사주면 나는 후우후우 맛나게 먹고선 또 살금살금 어딘가로 구경을 나섰다.

그 시절 못된 사람이래야 장날 술주정이나 부리고, 일은 대충대충 건달거리고, 남 험담이나 흉흉한 헛소문을 돌리고, 있는 집인데도 꼬꼽쟁이로 영 인색하고, 내동 화투판을 벌이거나 빚 안 갚는 사람 정도였으니, 내 또래 아그들은 어른들 손을 놓고 어린 장돌뱅이처럼 쏘다니며 처음 만나서도 금세 친해져 어울려 다니곤 했다.

할머니는 곡식과 달걀을 판 돈을 들고 푸줏간에서 돼지고기 한 근을 들었다 놨다 하다가 단념하고는 새 호미 한 자루와 손님들 줄 삼학소주 한 병을 사고서, 내가 자꾸만 고개를 돌려 입맛을 다시는 엿판 쪽으로 가셨다.

"수수엿 잘 고았네. 때깔이 참 곱소. 엿장수 맘이라니께 큰맘 써서 크게 떼어주시요잉."

할머니가 농을 치자 엿장수 아저씨는 가위를 들어 차장창창 박자를 맞추며 받아쳤다.

"하이고 할무니, 나가 큰맘 쓰다간 호랭이 같은 우리 안사람한테 쫓겨나부요잉. 에라, 아그가 영 또랑또랑한께롱 이 엿 맛나게 묵고 좋은 일만 진득허니 달라붙어라잉."

타닥탁탁, 넓직한 엿판에 끌을 대고 크게 떼어 내 손에 쥐여주었다.

"큰맘 쓰셨네잉. 아가 인사드려라. 강녕하씨요잉."

콩가루 듬뿍 묻힌 붉은 엿을 빨아먹으며 신이 나서 가는데 할머니가 어둑한 얼굴로 서성이는 젊은 아주머니 곁에 멈춰 서셨다.

"차암 고운 양단이네. 옥빛이랑 치자빛이 잘 먹었네이."

"야아, 어르신. 시집올 때 가져온 양단인디… 가세가 기울어서 큰딸 학비 땜시…."

"고생이 많구만. 일제 치하에다 6·25 동란도 겪고 보릿고개도 넘고, 그래도 다들 안 살아왔는가. 나도 시집올 때 그 귀한 양단 몇 마름이랑 옥비녀랑 금가락지들 장롱 속에 고이 모셔두고 이 고생 지나면 차려입어야제, 이 시절 넘기면 입고 나서야제, 한 번씩 꺼내 보고 만져만 보다가는 하나하나 팔아서 아그들 안 키웠는가. 그래도 사람이 산 입에 거미줄 안 치는 법이고 그래도 아그들은 쑥쑥 커 나오는 것이제. 자넬 보니 큰 따님이 참하고 총명하겄소."

"아그가 제법 똑똑한지 학교에서 벌교나 순천으로 유학을 보내라 그래서라."

"그려 그려. 을매나 좋은가. 자네 복이네 복이여. 총명한 아그가 정하게 커 나오는 집안은 창창한 앞날을 가진 것 아닌가. 뭔들 아깝겄는가. 좋은 날이 올 것이네. 힘내소."

"예, 말씀 감사허요. 건강하시어라."

할머니는 등을 다독여 주고는 또 내 손을 잡고 장터를 자박자박 걸어감시롱 이 사람 저 사람 살갑게 인사를 건네고 동냥치들에게까지 동전을 챙겨주면서 안부를 물었다.

그런 우리 할머니가 눈도 마주치지 않고 꼿꼿이 지나쳐 버리는 사람들이 있었는데, 머슴도 아니고 백정도 아니고 반편이도 아니었다. 그 사람이 내 머리를 만지며 아는 체 인사를 건네면 할머니는 내 손을 이끌고는 앞으로 걸어가버렸다.

"개한참되지 아니한 사람이다. 저이가 일제 때도 이승만 때도 완장 차고 설친 자이다. 부끄러운 줄도 모르고 말이시 또 지금 시국에도…. 아가 너는 개한 자들 멀리하고 참한 이들 만나서 참말만 하고 참사람으로 살아야 쓴다이."

할머니는 그랬다. 봄바람같이 난들난들 사람들을 대하다가도 개한 자를 만나면 굽은 허리를 세워 서릿발처럼 지나쳤다.

"저이는 주변머리가 없어야. 앞도 뒤도 모르고, 없는 사람 무시하고 힘 있으면 아부하고. 그리 주변머리가 없응께 뭣이 중헌지 일머리도 못 잡지야. 하는 일마다 무능하고 부실하고 무책임혀."

"저이는 얼간이다. 시류 따라 요리조리 쏠려감시롱, 줏대도 배알도 지조도 없어야. 얼 나간 이는 나쁜 영이 들어서 그이를 숭악崇惡한 길로 가게 해불제."

"저이는 멋없는 이여. 가진 것 말고는 아무것도 없제. 풍류도 모르고 공경도 모르고 하늘도 모르는 멋대가리 없는 사람이랑께. 가진 걸 제대로 쓸 줄도 모르니께 살아도 사는 맛을 모르는 거제."

"할무니, 멋이가 머시다요?"

숙이 좀 봐라
차암 귄이 있지야

"그랑께… 멋이란 그 머시기제이. 사람은 말이다, 다 제멋을 타고나는 거여. 눈에는 안 보이는디 맘에는 보이는 그 머시기 말이다. 하늘을 보고 꽃을 보고 별을 보면은 그 머시기가 맘에 안 오냐아.

아까 그 부잣집 양반들 거동 좀 봐라. 화려하게 차려는 입고 겉멋은 부렸는디, 경망스럽고 거만하고 천박하지 않드냐. 긍께 그 머시기가 안 없냐아. 잘 먹고 잘 살고 잘 입어도 안에서 빛이 없고 얼이 어리지가 않으니 멋이 없지야.

쩌그 가는 이마다 반가이 인사하는 서가네 어르신을 봐라. 마을에 어려운 일이 있을 때마다 인정 있게 베풀고, 자라나는 아그들이 이 나라 기둥이라며 장학금을 쾌척하고, 마을 길에다가 꽃이랑 나무를 심어서 멋드러진 꽃길을 만들고, 뒤에서 독립운동가들 돕다가 고초를 겪으면서도 지조를 지켜온 분 아니냐. 그 고귀한 마음이 자태에서 그냥 풍기지 않느냐.

그라고 쩌기 저 나뭇짐 이고 오는 숙이 좀 봐라. 시방 가난하고 남루해도 말이다. 봐라, 눈빛이 맑고 표정이 환하고 차암 기운이 좋제. 힘들게 살믄서도 착하고 강하게 큰 아그다. 주는 것 없어도 괜시리 맘이 끌리고 나서지 않아도 은미한 빛이 안 나오냐.

평아, 니도 참하고 귄있는 사람으로 한세상 멋지게 살아부러라잉."

그 뒤로 장터를 지날 때마다 할머니 말씀이 울려왔다.

개한 사람인가 참한 사람인가.

주변머리 있는 사람인가.

얼이 든 사람인가.

멋, 그 무엇이 있는 사람인가.

## 아버지와 함께한 기차 여행

햇살 좋은 가을날, 가나다라 글씨 연습을 하고 있는데 불쑥 신사 한 분이 들어섰다. 말쑥한 양복 정장에 갈색 구두를 신고 환한 미소를 지으며 뚜벅뚜벅 내게로 걸어왔다. 아버지였다.

"많이도 컸네. 우리 아들."

오랜만에 보는 멋진 모습에 나는 아부지- 하고 부르지도, 달려가 안기지도 못하고 여러워서 쭈뼛쭈뼛 서 있었다.

"평아, 엄마 보러 광주 가자."

엄니는 아부지를 도와 서점을 개업하느라 한동안 광주에 올라가 있었다.

아부지는 내 손을 꼬옥 잡고는 동네 길을 나섰다.

"안녕하셨제라" 아부지의 정중한 인사에 "아이구 언제 오셨다요" 만나는 사람마다 반갑고 깍듯하게 인사를 건넸다.

그리고 지프차를 타고 가던 어르신이 아부지를 보고 멈춰 서더니 세상에, 우리를 태워 벌교까지 모시는 게 아닌가. 굳어있던 내 얼굴은 차츰 생글생글 환해졌다.

아부지와 나는 벌교역에서 광주로 가는 기차를 탔다. 난 생처음 타 보는 기차였다. 아부지와 함께한 첫 번째 여행이 마지막 여행이 될 줄은 예상도 못 한 채, 나는 달리는 기차 소리와 차창에 스치는 풍경에 가슴이 부풀어 올랐다.

열차가 어느 역에 정차한 저녁. 아이를 업은 초라한 행색의 아낙이 광주리에 인 배를 팔고자 선로를 따라 걸으며 차창을 두드렸다. 다들 어려운 시절이라 누구 하나 선뜻 사 먹는 사람이 없었고, 기차는 곧 출발할 듯 숨 가쁜 김을 뿜으며 기적 소리를 울렸다.

그때였다. 아부지가 차창을 들어 올리더니 열 개도 넘는 광주리의 배를 다 사는 거였다.

“아이 이름이 뭐요? 참 눈빛이 맑구나. 자알 생겼네에. 크면 복덩이 인물 되겠소. 고생돼도 아이 잘 키우시오.”

아부지는 거스름돈을 사양하며 기차가 떠날 때까지 손을 흔들어주었다.

그러고선 양복 단추를 풀더니 조끼 주머니에서 은빛 군용 나이프를 꺼내 날렵하게 배를 깎아 두 쪽으로 갈랐다.

“평아, 저기 할머니 먼저 갖다드려라.”

그렇게 아부지는 열서너 개의 배를 깎아 같은 칸 사람들에게 다 돌리고 오게 했다.

"오매 이 귀한 걸… 감사허요."

"아따 그 유명한 나주 배 맛을 다 보네."

"참말로 그 아부지에 그 아들이네잉."

"반듯하고 똘똘허니 잘생겼다이."

내가 배를 갖다드릴 때마다 어른들은 머리를 쓰다듬고 등을 토닥이며, 집에서 싸 온 대추며 삶은 달걀이며 땅콩을 쥐여주었다.

배를 다 깎아 돌린 아부지는 손수건을 꺼내 내 손을 닦아 주었다.

"수고했다. 우리 평이가 전라선 열차 스타네. 하하."

아부지가 발개진 내 볼을 만져주더니 마지막 배 한 개를 깎아 통째로 내게 주었다. 그리고 아부지는 깎고 남은 배 깡지들을 베어 먹으며 말했다.

"숭어는 가운데 토막이고 나주 배는 깡지 맛이제. 평아, 천천히 다 먹어라."

단물이 흐르는 그 큼직한 배 한 개를 나 혼자 먹으며 달콤한 충만감과 함께 자긍심이 가득히 차올랐다.

그러면서 내 태를 묻은 함평 생가에서의 어느 아침이 떠올랐다. 이불 속에서 나를 안고 까끌한 턱수염을 내 볼에 문지를 때면 따가와 칭얼대면서도 아부지 품이 좋았던 그 살가운 느낌이 아련히 되살아나는 거였다.

나는 차창에 기대어 살풋 잠이 든 아부지를 바라보았다.

어려운 사람을 사려 깊게 도와주고 진실한 마음을 담아 격려하는 사람. 배 한 쪽이라도 함께 나누고 자신은 맨 나중에 남은 것을 기쁘게 먹는 사람. 다들 나름의 근심과 사연을 안고 가는 이 고단한 여정에, 그 한 사람으로 인해 모두가 환해지고 담소가 꽃피는 열차로 바뀌게 하는 사람. 울 아부지 참말 멋진 남자다, 빛나고 자랑스럽다, 내가 바로 그 아들이다. 나는 잠든 아부지를 오래도록 바라보았다.

아버지와 함께 한 단 한 번의 여행. 나의 첫 기차 여행이자 그와의 마지막 여행길에서.

## 빨간 알사탕 하나

장에 다녀오신 할머니가 모시 손수건에 싸 꼬옥 품고 온 빨간 알사탕 한 알을 입에 넣어주셨다.

"와아 달다 할무니. 겁나게 다요. 세상에서 젤 달고 맛있다아."

볼이 불룩한 알사탕을 빨며 나는 황홀감에 소리쳤다.

처음 먹어 본 알사탕의 단맛은 며칠이 지나도록 내 입 속과 몸 안을 굴러다녔다. 할머니가 잘 익은 대추알을 줘도, 붉은 홍시랑 몰캉한 다래알을 입에 넣어줘도 "아 거시기 알사탕 참 달고 맛있었는디라" 온통 알사탕 생각뿐이었다.

신식 알사탕의 강렬한 단맛은 나를 완전히 사로잡았고, 혓바닥을 물들인 빨간 색소만큼이나 진득하니 나를 끌어당겼다.

흰 눈이 내리고 문풍지 바람이 차운 밤, 처마 아래 매달은 대바구니에서 인절미를 꺼내 화롯불에 구워 호호 불어 조청에 찍어 입에 넣어주던 할머니가 그랬다.

"아가 맛있냐. 수수조청 맛이 어떠냐."

"달고 맛나요. 근디요 알사탕이 더 달고 맛나요. 최고랑께요."

문득 할머니가 침묵하는 걸 느끼며 뭔가 잘못됐음을 알아챈 순간, 알사탕 맛을 본 이래의 내 말과 일련의 일들이 스쳐 갔다.

그랬다. 할머니는 곶감이든 떡이든 엿이든 어디선가 선물받은 그 달고 맛난 것들을 자기 입에 넣지 않고 품고 와 내 입에 넣어주셨는데, "근디 알사탕이 더 달고 맛난디라. 그 빨간 알사탕이…" 홀린 듯이 말해왔던 나는 그만, 구수한 인절미와 달근한 수수조청을 씹으며 울먹였다.

다른 때 같으면 "아가 울지 마라" 품에 안아주실 텐데, 울먹이는 나를 기냥 두고 구부정히 마주 앉아 아무 말도 없는 할머니가 낯설고 멀어지고, 할머니와 나 사이의 어떤 끈이 끊어져 버린 듯 아득했다.

이윽고 할머니가 "아가, 이리 오니라" 울먹이는 내 등을 쓰다듬으며 물그릇을 들어 마시게 했다.

"평아, 알사탕이 달고 맛나지야? 그란디 말이다. 산과 들과 바다와 꽃과 나무가 길러준 것들도 다 제맛이 있지야. 알사탕이 아무리 달고 맛나다 해도 말이다, 그것은 독한 것이제. 유순하고 담박하고 부드러운 맛을 무감하게 가려버리제. 다른 맛들과 나름의 단맛을 가리고 밀어내 부는 건 좋은 것이 아니제. 알사탕같이 최고로 달고 맛난 것만 입에 달고 살면은 세상의 소소하고 귀한 것들이 다 멀어져 불고, 네 몸이 상하고 무디어져 분단다. 그리하믄 사는 맛과 얼이 흐려져 사람 베리게 되는 것이제."

"야아, 할무니. 알겠어라."

"우리 평이는 겨울이면 동백꽃을 쪼옥 쪼옥 빰시롱 '달고 향나고 시원하게 맛나다' 했는디, 올해 동백꽃 맛은 어쩌드냐아. 나는 말이다, 아가. 네 입에 넣어줄 벼꽃도 깨꽃도 감자꽃도 아욱꽃도 녹두꽃도 오이꽃도 가지꽃도 다 이쁘고 장하고 고맙기만 하니라. 이 할무니한텐 세상에서 우리 평이가 젤 이쁘고 귀한 꽃이다만 다른 아그들도 다 나름으로 어여쁜 꽃으로 보인단다. 아가, 최고로 단 것에 홀리고 눈멀고 그 하나에만 쏠려가지 말그라."

나는 고개를 끄덕이며 할머니 품에 꼬옥 안겼다.

다음 해 문풍지 우는 화롯불 곁에 할무니, 우리 할무니는 아니 계셨다. 나는 돌아가신 할머니가 그리워 마당으로 걸어 나갔다. 하얀 눈 위에 작은 내 발자국이 총총히 따라왔다.

동백나무 아래 붉고 선연한 동백꽃이 떨어져 있었다. 나는 으스스 떨면서 언 손으로 동백꽃을 한 줌 가득 주워 쪼옥 쪼옥 빨아먹으며 눈길을 걸었다.

"아가, 맛이 어떠하냐?"

"순하고 맑고 시려요. 달고 향그럽고 맛나요. 할무니."

# 짧아서 찬란한

봄날 아침이었다. 잠에서 깨자마자 엄니가 나를 부엌으로 부르셨다. 김이 오르는 큰 나무통에 나를 벗겨 앉히고선 머리를 감기고 얼굴이랑 목덜미랑 몸을 카칼히 씻기셨다. 자그만 나를 일으켜 세워 깨끗한 수건으로 닦아주며 "햐아, 뉘 집 자식인지 자알 생겼다" 환히 웃고는 찹찹하게 빨아놓은 옷으로 갈아입히셨다. 달걀찜이랑 석화 미역국이 차려진 아침 밥상에서 김치를 찢어 숟갈에 올려주는 엄니한테 물었다.

"오늘 뭔 날이다요. 설날도 아니고 생일도 아닌디…."

"응. 오늘 형이랑 아부지 보러 갔다 오너라."

아부지는 서울에 머물며 종종 광주와 고흥에 일을 보러 들르시던 때였다. 나는 설레어서 얼른 밥을 먹고 일어났다.

중학생 교복을 입은 형의 손을 잡고 동강정류장에서 표

를 끊어 버스를 탔다. 처음 타 본 버스였다. 버스가 신작로를 달려나가자 차창 너머로 뿌연 흙먼지가 일고, 빠르게 스치는 풍경에 어질어질 무섭기도 하고 신나기도 했다.

"우리 할무니가 난생처음 버스를 타고 벌교장에 가던 날 안 있냐. 정류장 바닥에 흰 고무신을 단정히 벗어두고 버선발로 승차하셨다제. 그 바람에 버스 안에서 한바탕 웃음이 터져 부렀다지야."

형의 얘기에 나는 깔깔깔 웃었다.

"평아, 저기가 선정이다. 여기는 과역이다. 쩌그 높은 산 보이지야, 그 유명한 팔영산이다."

버스를 타고 가는 내내 형은 관광안내원처럼 손을 가리키며 새로운 풍경마다 재미난 이야기들을 들려줬다.

"성아, 저건 머당가? 저리 가면 으디가 나온당가? 저 바다 너머 섬 지나면 으디로 간당가?"

내가 종알종알 물어 대면 형은 자상히도 말해주었다.

"와아, 성은 모르는 게 없네잉."

좋아하는 나를 보며 형도 신이 났는지 손수건을 말아 마이크마냥 주먹에 쥐고는 즉석 연설을 시작했다.

"아아, 사해동포 여러분. 지금 여러분께서는 여그 조선 땅 남도 마을에서 무럭무럭 자라 장차 여러분의 좋은 동무요 희망이요 빛나는 거시기를 해내 불 박기평 군의 첫 버스 여정을 보고 계십니다아!"

한 팔로 나를 감싸고선 웅변조로 일렁일렁 리듬을 타고 표정까지 바꿔가며 말하는 형을 봄시롱 나는 까르르 웃으면서도 가슴이 두근거렸다. 나도 중학생 교복을 입으면 저렇게 멋질 수 있을까, 눈을 빛내며 형을 바라봤다.

그러는 사이 버스는 고흥역에 도착했다. 중절모를 쓰고 긴 코트를 걸친 아부지가 손을 흔들며 맞이했다. 고흥군 청년 지도자 대회에서 연설을 마치고 오는 길이라고 하셨다.

아부지랑 형이 양쪽에서 내 손을 잡고 극장 옆 큰 유리창이 있는 빵집으로 들어섰다.

"와아, 시상에 이렇게 큰 방이 있다요. 논 열 마지기는 되겄는디요. 옴마, 저 번쩍이는 것이 말로만 듣던 전깃불인가. 어쩌케 태양이 방 안에 떠 있다요."

거기다 멋진 누나 형들의 생기 찬 웃음소리와 고소하게

번져오는 빵 냄새까지, 난 콩닥이는 가슴에 손을 얹고 연신 감탄했다.

"배고프지야."

내 눈은 이미 보름달처럼 생긴 커다란 빵에 꽂혀 있었다. 아부지가 빙긋 웃으며 그 크고 둥근 빵을 가져와 반으로 쪼갰다. 그러더니, 두 개 중에 더 큰 쪽을 나에게 주는 것이 아닌가. 큰 건 장남인 형한테 주는 게 당연했는데, 처음으로 내가 더 큰 걸 받다니.

나는 이걸 형에게 주어야 하나… 나도 큰 거 한 번 가져도 되나… 내 얼굴보다 큰 빵 조각을 들고 망설였다. 하지만, 하지만, 두툼한 빵에서 풍기는 맛있는 냄새랑 연노랑 빛 알밤 빛 색감에 견디지 못하고 덥석 베어 물었다.

"카스텔라 빵은 요 아래 종이를 떼고 먹으면 돼야. 체할라. 천천히 먹그라이."

아부지가 종이를 떼 주자 '아… 저 종이에 붙은 것도 아까운디…' 함시롱, 세상에서 젤 폭폭하고 달콤하고 보드라운 빵을 한 입 또 한 입 볼이 미어지게 먹었다.

여자만 밀물이 방죽 끝까지 차오르는 듯한 풍만한 행복감에 나는 "아, 죽어도 좋겄다" 큰 소리로 말하고 말았다. 우리 동네 할무니랑 엄니들의 말이 나도 모르게 탄성으로 터져 나온 것이다. 옆자리 뒷자리 누나들과 양복 입은 어른들이 하하하 웃었다.

“목 메이제?” 아부지가 파란 유리병 뚜껑을 따서 내밀었다. 한 모금 마시니 톡 쏘는 단맛이 목을 타고 뱃속까지 쑤욱 들어와 퍼졌다. 가벼운 트림을 하자 “사이다라는 것인디, 갈증이 싹 가시제” 형이 내 등을 토닥토닥 쓸어주었다.

아부지가 약속된 만남을 마친 뒤 우리는 카스텔라와 도너츠를 싸 들고 싱글벙글 집으로 돌아왔다.

마당에 들어선 아부지를 보더니, 울 엄니가 엄니가 아니었다. 그냥 수줍어하는 어여쁜 여인이고 소녀만 같았다.

나는 동네 어른들께 인사 다니는 아부지를 종종종 따라다니고, 우리 집 강아지 쫑이는 꼬리를 흔들며 종종종 나를 따라다녔다. ‘해야 가지 마라, 해야 지지 마라’ 내 바람이 무색하게 어느덧 초저녁이 되었다.

“오늘 저녁은 죽순구이를 먹자.”

아부지가 마당가 대숲으로 들어가 굵은 햇죽순을 한 바구니 뽑아왔다. 껍질을 벗기고, 연노랑 빛 죽순을 반으로 쪼개 물에 삶고, 마름모꼴로 칼집을 내고, 숯불 위에 석쇠를 올려 노릇노릇 굽고, 양념장을 발라가며 한 번 더 구워냈다.

식구들이 둥근 밥상에 둘러앉았다. 이렇게 아부지까지 다 모인 건 정말 드문 일이었다. 아부지가 돌아가며 우리들 입에 죽순구이를 넣어주셨다. 고기인 것도 같고 생선인 것도 같고, 야들야들 사각이는 씹는 맛과 죽순 향이 참말로 좋았다.

“느이 아부지가 나보다 요리를 더 잘해야. 참 섬세한 남자지야.”

엄니가 살짝 눈을 흘기며 자랑스레 말했다.

저녁을 다 먹어갈 즈음 아부지가 자리에서 일어나 떠날 채비를 했다. 벌교에서 밤 기차를 타고 서울로 올라가신단다. 막내를 안고 눈물을 글썽이는 엄니와 손을 흔드는 형과 누나를 뒤로하고 나는 아부지를 따라갔다.

동구 밖 동백나무 아래 멈춰 선 아부지가 무릎을 굽혀 내게 눈을 맞추며 나직이 말씀하셨다.

“아들. 엄니 말씀 잘 듣고 잘 모셔야 쓴다. 엄니는 말이다. 내가 제일 사랑하고 존경하는 여인이다. 아부지가 동지들과 겨울 산으로 피신 다닐 때 한밤중에 무장한 자들이 우리 집에 쳐들어 와 나를 내놓으라며 불을 지르려는 것을 엄니가 혼자 힘으로 막아냈단다. 저리 고운 사람 안에 장군이 들어있는 것이제. 아부지 일이 잘돼야 하는디… 시운이 좋지 않구나…. 평아, 엄니 잘 지켜드리고 있거라. 다음번에는 같이 꿩 사냥을 해서 맛난 꿩 떡국을 끓여주마.”

젖은 음성의 말씀에 나는 입술에 힘을 꼭 주고 고개를 끄덕끄덕 해 보였다. 아부지는 데리러 온 자동차를 타고 떠나셨고 나는 동백나무 아래 한참을 서 있었다.

처음 타 본 버스에, 처음 보는 전깃불에, 커다란 카스텔라에, 씨원한 사이다에, 아부지가 해준 죽순구이에, 식구들이 다 모인 둥근 밥상까지. 아버지와 함께 보낸 짧아서 찬란한 하루를 돌아보며.

# 내 영혼의 화인火印

아버지를 땅에 심고 돌아왔다.

내 나이 일곱 살, 치자꽃 향기가 그윽한 초여름 날이었다.

마을 너른 마당에서 노제가 치러졌다. 친지들과 이웃들과 멀리서 온 조문객들까지 마흔두 살에 죽은 벗을 애통해하며 탄식했다.

나는 젊고 어여쁜 엄니의 상복 자락을 붙들고, 노제 상에 놓인 빨간 토마토를 달라고 작은 손으로 톡톡거렸다. 엄니가 토마토를 쥐여주자 해사하게 웃는 나를 보며 사람들이 눈물을 훔쳤다.

"아이고 어쩌끄나, 저 어린 걸 남겨두고 어찌 가신다냐."

만장을 든 사람들 뒤로 꽃상여가 나가고 긴 행렬이 이어졌다.

"이제 가면 언제 오나 가는 발길 무거운디

먼저 가는 하늘길이 어찌 이리 멀고 기냐
어어이 어어이 어어어 하아늘
어이야디 너엄자 저 하아늘
북망산천 머다더니 내 집 앞이 북망일세
정든 님을 여기 두고 어이 하여 홀로 가나"

구슬픈 상여소리가 이어지고, 마을 정자나무를 돌아 보리밭을 지나 굽이굽이 황톳길을 밟고 바다가 내려다보이는 노동산 자락에 상여가 멈춰 섰다. 무덤이 파지고 관이 내려지고, 한 삽 두 삽 붉은 황토가 뿌려져 관을 덮어갔다.

그때였다.

"여보, 안 되어라. 나도 같이 가요."

흰 삼베옷을 입은 어머니가 풀쩍 무덤 속으로 뛰어내렸다. 붉은 황토 위에 쓰러져 우는 어머니는 한 마리 흰나비만 같았다.

"산 사람은 살아야제. 어린 자식들 봐서라도 살아야제…."

마을 사람들이 함께 울며 어머니를 부축해 끌어올렸다.

그렇게 아버지를 묻고 온 어머니는 얼마 동안 무덤가를 헤매고 다녔다.

하지만 어머니는 오래 울지 않았다. 아버지가 돌아가신 날의 통곡 한 번, 하관 때 무덤에 뛰어들어 붉은 울음 한 번, 장례를 마치고 허청허청 돌아와 아버지 주검을 뉘었던 방안에 쓰러져 긴 울음 한 번. 그것으로 끝이었다. 서른일곱 살에 홀로된 그날 이후, 어머니는 눈물을 보인 적이 없었다.

어머니는 이불 끝으로 삐져나온 우리 남매의 작은 발을 보며 마음을 다잡았다고 했다. 그리고 어느 날 우리를 나란히 앉힌 뒤 호롱불에 심지를 돋우고는 말씀하셨다.

"인자 우리 집안에는 아버지가 없다. 이 엄니가 무슨 일을 해서라도 너희 다섯 남매 학교는 다 보낼 것이다. 명심하그라. '애비 없는 자식' 소리 듣지 않게 정직하고 단정하게, 꿋꿋이 앞을 향해 걸어가야 한다."

어머니는 하루아침에 여위어 버린 몸을 일으켜 아버지가 남긴 여러 일들을 처리하고 농사 때를 놓치지 않으려 바쁜 날들을 보냈다.

그러나 조용한 시간이면, 어머니와 누나와 형은 여전히 아버지의 상여를 메고 비틀거리는 것처럼 보였다. 자기 몫의 슬픔과 상실을 지고, 각자 앞가림을 해나가느라 이전처럼 누구 하나 나를 바라봐주고 안아주는 사람이 없었다.

하루하루 아버지의 부재가, 나를 지켜줄 보호막이 없다는 실감이 안개처럼 몰려들었다. 커다란 외로움과 불안감이 어린 내 안을 파고들었다. 아부지- 불러보아도 대답 없는 메아리만 울렸다.

해 아래 있어도 그늘이었고 동무들 속에서도 쓸쓸했고,

늘 목덜미가 시렸고 괜스레 눈물이 나고 자주 아팠다. 하루는 뭔가에 체한 것인지 몇 날이나 숨이 죽어가다 깨어나 "엄니, 단수수깡 묵고 시퍼" 하더니 스르르 또 쓰러지더라 했다.

아기도 아니고 소년도 아니고, 가족도 아니고 고아도 아니고, 보호의 품은 깨어졌으나 홀로 걸어갈 내 안의 무언가는 깨어나지 못한 나이. 문득문득 한낮의 어둠이 찾아오고 한밤의 몽유가 걸어오고, 자주 세상의 소리가 끊어졌고 이 지상에 나 혼자인 듯 아득해지곤 했다.

그날은 해가 쨍쨍한 한낮이었다. 엄니는 타작한 보릿대들을 마당에 펼쳐 말려놓고 밭으로 나가셨다. 나는 혼자 텅 빈 집 마당에 앉아 있었다. 너른 흙마당에 햇볕이 신기루처럼 어른거리며 어지러웠다. 순간, 또 한낮의 어둠과 정적이 엄습했고 나는 무서움에 사로잡혀 부엌으로 숨어들었다. 검은 부엌도 조용하고 무서웠다.

나는 성냥통을 들고 마당으로 나왔다. 샛노랗게 반짝이는 보릿대 위에 앉아 부들부들 떨며 무언가에 홀린 듯 성냥개비를 꺼내 탁, 탁, 탁, 불을 붙였다. 마른 보릿대에 불티가 튀고 불살이 타오르고 마당으로 번진 불길이 나를 삼킬 듯 넘실대고 있었다.

이글거리는 불길에 얼굴이 뜨거워질 때 번쩍, 정신이 들면서 나는 하얗게 질려버렸다. 불이야! 소리치려 해도 비명마

저 얼어붙고 물, 물, 물을 부으려 일어서려 해도 몸이 얼어붙어 움직이지 않았다. 무시무시한 공포였다.

그때였다. 누군가 후다다닥 달려와 얼어있던 나를 낚아채더니 내 머리에 물을 들이부었다. 그러고선 날래게 물 항아리를 들고 와 바가지로 물을 퍼부으며 불을 잡기 시작했다. 아랫집 점이 누나였다. 물이 떨어지자 치마를 풀러 불을 때리고 덮고 밟으며 불을 꺼 나갔다. 이윽고 잔불 정리까지 마친 누나가 땀과 검정 불티투성이 몸으로 걸어왔다.

“놀랐지야. 인자 다 때려잡았다. 다 잘 되어부렀다.”

물 뒤집어쓴 내 옷을 벗겨 데인 곳이 없는지 이리저리 살펴보고는 놀라 떨고 있는 나를 한참을 안아주었다. 그제야 울음이 터져 나왔다.

“평아, 여그 가만히 있어라잉.”

누나는 동네 샘터로 달려가 물을 길어 오더니 장독대 돌판 위에 나를 앉히고 몸을 씻겼다.

“아이고오, 평이네 아부지 델꼬 가더니 평이도 데꼬 갈라 그러요오. 이 집도 살라 버릴라 그러요오. 중음신中陰身이 달라붙어 춥고 배고프다고 불을 질렀구만잉.”

누나는 솔가지를 꺾어 물에 적신 뒤 좌아 좌아아 마당에 뿌리고 쌀 한 줌을 쥐고 와 훠어이 훠어이 허공에 뿌렸다.

“중음신들 이거 잡숫고 심내서 승천하씨요. 다시는 우리 평이랑 아그들 곁에 얼씬 마씨요."

나는 점이 누나 품에서 울다가 잠이 들었다.

깨어나니 저물녘이었다. 밭일하고 돌아온 엄니 곁에서 점이 누나가 두런거리고 있었다.

"나가 우리 집 마당에서 콩을 털고 있는디, 아 글씨 도리깨가 맥없이 꺾이드만 내 등짝을 팍 때리더랑께요. 기분이 싸함시롱 카만히 서 있었더니, 이짝에서 불 냄시가 나고 연기 같은 것이 보이기에 그냥 울타리 박차고 넘어왔지라. 성냥이 달궈져 부렀는가, 으디서 불티가 날았는가. 보릿대에 불이 이는디, 하이고 무서워붑디다요.

흐미, 벌건 불길이 마당에 자욱하고 혀를 널름널름 지붕을 넘을라고 발광을 하는디, 불길 한가운데 평이가 미동도 않고 오두커니 앉아있드란 말이요. 나가 어쩌케 불을 껐는지도 모르게 미쳐 춤을 추고 나분께 불이 죽어있습디다. 평이가 놀라서 정신을 놔부렀소. 저 맴속에도 불이 났으꺼요. 하이고 몸서리야. 그래도 다 잘 되어부렀소잉. 선령님들이 지켜주셨지라."

"자네마저 일 나가고 없었으면 으찌 되었겄는가. 애썼네. 감사하네. 자네 강단 있는 대처가 우리 평이를 살리고 이 집을 지켰네. 복 받으실 것이네. 자네도 솔찬히 놀랐을 것인디 가서 밥 챙겨 묵고 푹 자소."

엄니가 점이 누나를 배웅하는 소리가 들리고 나는 다시 잠에 빠졌다.

그날 밤 꿈에서 불타는 우리 집을 애가 타게 지켜보다가, 몸이 얼어붙어 꼼짝도 못 하다가, 그만 요에다 오줌 지도를 그리고 말았다. 그로부터 석 달 동안이나 나는 그 악몽이 찾아오는 밤이면 어김없이 오줌 지도를 그렸고, 아침이면 요를 빨아 빨랫줄에 널어놓고는 곡식을 까부끼는 키를 머리에 쓰고 동네를 돌며 소금을 얻으러 다녔다.

"아이고, 평이 또 지도 그렸다냐. 자 소금 받아라."

그러고는 나무 밥주걱을 들어 내 작은 뺨에 찰싹 때려주었다. 나는 꾸벅, 인사하고 돌아서서 다음 집으로 향했다.

"물귀신아 물귀신아 떨어져 나가부러라. 옜다!"

부지깽이로 머리에 쓴 키를 탁탁, 때리고는 또 소금 한 줌. 그렇게 창피하고 부끄러운 망신의 키를 쓰고 몇몇 집을 더 돌고는 고개를 푹 숙인 채 우리 집 마당으로 들어섰다.

"잘 댕겨왔냐아. 아침부터 욕봤다."

엄니는 얻어온 소금 바가지를 들고서 훠어이 훠이 내 등 뒤에서 흰 소금을 높이높이 흩뿌렸다.

"인자 가슴 펴고 고개 들어라. 저그 해당화처럼 나팔꽃처럼 해맑게 웃어부러라."

나는 키를 벗고 돌아서서 아침 해를 바라보았다.

그로부터 몇 년 뒤 호세 신부님한테 고해하듯 이 사건을 말한 적이 있다.

"가스파르가 오줌싸개였구만. 하하하. 그란디 불을 냈을 땐 제정신이 아니었겄제. 어린 나이에 아부지 돌아가시고 얼마 안 되얐으니께…. 사람이 제정신을 차리지 않으면 다른 정신이 스며들어와 불제잉. 제정신을 놓으면 뭔 일이든 벌어지고 뭔 짓이든 하게 되는 거제이. 가스파르, 이 말을 잘 새겨야 한다이. '절대 악한 영靈에게 틈을 주어서는 안 된다.' 알겄지야."

나는 신부님 말씀을 들으며 알게 되었다. 그때 무려 석 달 동안이나 어른들이 귀한 소금을 주면서 찰싹, 제정신이 들도록 귀한 매 한 대를 내려주었다는 것을. 말 없는 가르침으로 나를 혼내면서 내 혼을 불러내 주는 것이었음을.

하지만 엄니도 누구도 어린 내가 왜 성냥불을 그었는지, 내가 왜 악몽을 꾸며 오줌 지도를 그렸는지는 다 알지 못했으리라. 불현듯 떠오를 때마다 몸서리쳐지는 일곱 살 한낮의 그 어둠, 한낮의 그 정적, 홀리듯 그어버린 불씨, 그렇게 새겨진 잊히지 않는 내 영혼의 화인火印.

# 하늘이 열린 날

10월 3일 아침 10시. 동강국민학교 운동장에서 개천절 행사가 열렸다. 하늘은 푸르고 햇살은 맑았으나 시린 바람이었다.

어깨를 웅크리고 도열한 전교생과 초대받은 동강면 원로 어르신들이 교장선생님의 기념사를 듣고 있었다.

"여러분은 백두산 정기를 타고났기에…."

그때 뒷줄에 선 내 곁의 한 어르신이, 흰 두루마기를 입고 갓을 쓴 백발 수염의 어르신이 나직이 혼잣말을 했다.

"어허, 어찌 하늘이 열린 날 아해들한테 땅의 정기를 말하

는가. 하늘 같은 아해들에게 영기를 일깨워야제. 얼을 가진 몸의 아해들인디 얼이 빠진 말씀만 하신당가."

"그러니까 학생 여러분은 장차 성공한 큰 인물이 되어서 홍익인간 정신으로 제세이화 하야…"

이어진 교장선생님 말씀에 다시 어르신이 읊조렸다.

"아니제. 하늘 사람인 아해들은 이미 큰 인물이제. 자기 안의 하늘을 보고 서로 안의 하늘을 보고, 각자가 가진 은사를 써서 도우며 사는 게 홍익인간이제. 그라믄 세상도 좋아지는 것이제."

무명 홑옷을 입고 코를 훌쩍이던 나는 순간, 속이 환해졌다. 처음 들은 '영기靈氣'라는 말이, '은사恩謝'라는 말이, 곧바로 쏘아져 내 안에 새겨졌다.

나는 고개를 들어 그 어르신을 바라다보았다. 두 손을 앞으로 맞잡고 꼿꼿한 자태로 서 계셨다. 시월의 바람에 옷자락이 부풀고, 주름진 얼굴에 흰 수염이 날리고, 형형한 눈빛이 둥그런 갓 테 아래 빛나고 있었다.

그 눈빛과 마주치자 나도 모르게 고개 숙여 절을 했다. 어르신이 내 머리를 부드럽게 쓰다듬어 주셨다.

하늘이 열린 날, 어린 나는 크고 깊은숨을 쉬면서 어르신의 둥근 갓 테 너머 푸른 하늘을 바라보았다.

# 나를 키운 동강공소

## 두 개의 이름으로

어린 날 처음으로 신앙을 느낀 곳이 큰 성당이 아니라 아주 작은 공소公所였다는 건 나의 드문 축복이었다.

전깃불도 없는 동강공소는 대낮에도 어두웠다. 사제는 없었다. 수녀도 아니 계셨다. 서른여 명의 농민 신자들끼리 모여 미사를 드렸다.

일곱 살에 어머니와 누나를 따라간 동강공소에서 나는 처음 예수를 만났다. 십자가에 못 박힌 그 남자를 뚫어지게 바라보는 순간, 무서움에 앞서 내 마음이 떨려왔다.

"하이고, 많이 아프시겄소. 하늘 일을 하시다가 땅에서 욕보시고라. 아직도 거기 매달려 있응께 짠해서 어쩐다요. 나가 뭘 해드리면 좋을까라."

좋은 일을 하다가 고독하게 죽어간 그 남자가 짠하고 안

됐고 괜시리 좋았다.

「무참하게 끌려가신 거룩한 우리 주 예수. 뺨을 맞고 발로 채며 조롱을 받으시도다. 우리 죄를 대신하여 수난하고 죽으니. 우리들은 통회하여 보속과 사랑 드리세.」

벽에 걸린 성화를 따라 돌며 성가를 부를 때면 나는 눈물을 흘리곤 했다.

울 엄니는 이멜다로 불렸다. 공소에서는 서로를 세례명으로 불렀고 내 이름도 박기평이 아닌 가스파르가 되었다. 한 사람에게 주어진 두 이름 속에서 나는 두 세상 사이를 걸어가고 있다는 아스라한 느낌에 감싸이곤 했다.

아주 작은 공소에서 아주 적은 신자들과 함께 아주 작은 십자가 앞에 무릎을 꿇고 두 손을 모으면, 작고 어린 내 안에 어쩐지 아주 커다란 힘이 차오르는 것을 느꼈다.

주일 미사가 끝나면 함께 밥을 지어 나눠 먹으며 각 동네 소식과 가정의 대소사를 챙기는 담소가 오갔다. 서로를 위로하고 격려하던 작으나 단단한 신앙의 공동체였다.

### 나의 친구 호세 신부님

그러던 어느 해 멀리 벌교 본당에서 멕시코인 신부님이 파견을 나왔고 그때부터 한 달에 한 번 고해성사와 영성체를 하는 미사를 집전했다.

신부님의 이름은 호세였다. 땅딸막한 키에 두툼한 체구, 얼굴 가득 수염을 기른 낯선 이방인을 누나들은 무서워했고 신자들은 어려워했다.

나는 미사 때 신부님을 보좌하는 복사로 임명되었다. 불볕에 탄 누나들과 엄니들의 하얀 미사포가 마룻바닥에 닿을 때쯤, 발목까지 내려오는 흰 복사복을 입은 나는 손에 쥔 종을 땡그랑 땡그랑 울리곤 했다.

서툰 한국말에다 멕시코 말에다 라틴어랑 영어랑 전라도 사투리까지 섞인 신부님의 말을 그래도 복사를 보던 내가 제일 잘 알아듣곤 했다. 나는 호세 신부님이랑 금방 친해졌다. 그가 들려주는 성서 구절이나 이야기들이 너무 좋았다. 앞뒤 없는 내 질문에도 "음… 무쵸 어려운디… 음, 그거시 말이여…" 진지하게 귀 기울이며 생각지도 못한 답을 해주었다.

그는 정 많고 웃음 많고 눈물이 많은 사내였다. 신자들과 어울릴 때는 더없이 유쾌하다가도, 공소 옆 촛불이 일렁이는 작은 방에서 성서를 읽어주고 내 물음에 답을 할 때면 목소리에 울음이 배이곤 했다.

성서는 복음서라는데, 나에게 성서는 울음의 책이었다. 호세 신부님과 함께 더듬더듬 성서를 읽어나갈 때 내 가슴에 박히는 건 눈물과 탄식과 수난과 죽음이었다. 그랬다. 세상의 큰 울음을 통하지 않고는 복음을 들을 수가 없는 것이

었다. 울음이야말로 복음이었다. 눈물이야말로 은총이었다.

가난하고 불운하고 슬픈 눈을 가진 예수. 그는 고난받으면서도 사랑이 제일이라고, 사랑이 처음이자 전부라고, 사랑이 없다면 아무것도 아니라고 하는 것이었다. 애통하고 분노하고 울면서도, 죽음보다 강한 사랑으로 '다 이루었다' 기꺼이 죽어간 예수가 좋았고, 눈물의 사제인 호세 신부님이 좋았다.

성탄절 날 호세 신부님은 공소에 온 아이들에게 서양 카드를 선물로 줬다. 금박 종이가 붙은 화려한 카드에 눈이 휘둥그레진 아이들이 잽싸게 다 집어 가자, 신부님은 나

를 불러 따로 챙겨 둔 카드를 주며 말했다.

"가스파르. 이 카드에 별 보고 가는 이분 있제. 동방박사, 이분이 가스파르야. 그래서 가스파르가 늘 별을 바라보나. 하하하."

호세 신부님이 오시고 나서 첫 영성체를 먹던 나는 얇은 빵을 입에 물고서 '왜 영성체가 하느님의 살이다요', '근디 왜 영성체는 배가 고프다요', '왜 영성체는 함께 나눠 먹는다요', '왜 영성체를 신비라 그런다요' 물음이 맴돌았다. 미사가 끝나고 호세 신부님에게 물었다.

"음, 가스파르. 사람한테는 일용할 양식이 필요하제. 그랑께 먹고 살라고 땀 흘리고 수고하제이. 그란데 그것은 짐승도 마찬가지 아닌가. 오직 사람만이 마음의 양식, 영혼의 양식이 필요한 거제. 영성체는 영혼의 양식인 것이고, 나누어 먹는 조각들로 일치를 이루는 거제이."

다 알 수는 없었지만 거룩한 마음가짐과 삼가함의 자세와 사랑은 나눔이라는 신비에 젖어 들곤 했다.

동네에서나 학교에서 나는 장난꾸러기에 웃고 뛰노는 어린 아그였지만 공소에서는 길고 흰 제의를 입고 정성으로 기도하는 복사였고, 호세 신부님이랑은 하늘의 별을 보며 어둠 속의 세계를 헤쳐나가는 어린 동방박사 가스파르였다.

나의 동강공소, 그 작고 어둑한 성전에서 내 영혼은 크고 맑게 빛났다.

**빗속의 등불들**

가을비를 앞두고 다들 벼 수확에 쫓겨서 부지깽이도 나설 만큼 분주한 때였다.

일손을 구하지 못한 어머니는 혼자 겨우 벼를 베어 논바닥에 뉘어놓고는 묶지도 못하고 돌아왔다. 급히 저녁을 지어 먹고 다시 논으로 나가 볏단을 묶어 세우는데, 꾸물거리는 하늘에 천둥번개가 치고 비가 쏟아져 내리기 시작했다. 애써 베어 둔 벼가 빗물에 잠겨 들고 있었다. 탈진한 어머니는 벼를 묶어 세우느라 안간힘이었다.

들녘은 어둡고 빗줄기는 거세고 발은 푹푹 빠지고 나락은 젖어 무겁기만 했다. 애가 탄 나는 어찌해 볼라고 볏단을 붙들고 힘을 써 봤으나 이렇게 작고 약한 내가 원망스럽고 아부지 없는 서러움이 차갑게 파고들었다.

그때 멀리서 희미한 불빛이 일렁였다. 불빛들이 나를 향해 다가오자 나는 도깨비불인가, 더럭 겁이 났다. 어둠 속에 점점 커지는 불빛 사이로 "가스파르!" 부르는 소리가 들려왔다. 쏟아지는 빗발을 뚫고 등불과 낫을 든 흰옷의 행렬이 보였다. 동강공소에 다니는 저 건너 마을 형 누나들과 어른들이었다.

동네 사람들도 친척들도 이런저런 나름의 일들로 도울 여력이 없었는데, 우리 집 사정을 아는 신자들이 비가 쏟아지자 서로 소식을 돌리고 의견을 모아 여기 먼 마을까지 나선 것이다. 남편을 잃고 홀로 된 젊은 엄니가 이 작은 논 세 마지기에 다섯 아이 생계를 걸고 사는 걸 알기에, 자기들 수확을 뒤로 한 채 십 리 밤길을 달려온 것이다.

어머니와 신자들이 서로 부둥켜 안고 인사를 나누고 일렁이는 횃불 아래 비에 젖은 얼굴들이 빛나고 있었다.

"하이고 장해라. 엄니랑 벼를 다 베어 놓았구나이."

그러더니 논바닥의 나락을 세워 짚으로 묶고, 볏단을 지고 논두렁에다 옮겨 둥글게 쌓고, 함께 성가를 부르며 날랜 손길로 일을 해나가는 것이었다.

차가운 빗속에 몸에 돋는 소름과 하얀 입김, 가슴을 데우는 뜨거운 온기, 어둠 속에 일렁이는 등불과 노동의 춤사위 같은 긴 그림자, 빗소리를 타고 울리는 성가 소리….

일을 마치고 어두운 밤길로 점점이 멀어져 가는 등불을 바라보며 어머니와 나는 빗줄기 속에서 성호를 그었다.

# 참 곱지야

이른 아침 나의 첫 일과는 너른 흙마당을 쓰는 일이었다. 대빗자루로 아침마다 흙마당을 쓰는 일이 어린 나에게는 너무너무 싫었다. 그러나 어머니는 누나한테는 긴 마루를 물걸레로 닦게 하고, 막내에게는 방을 쓸고 닦게 하고, 내게는 흙마당을 다 쓸게 하고 난 다음에야 밥상 앞에 앉게 했다.

가을 흰 서리가 내린 아침, 어머니가 동네 우물에서 물을 길어 물동이를 머리에 이고 걸어 들어왔다. 방과 마루를 닦고 흙마당을 쓴 우리들 등에는 땀이 촉촉이 배이고 숨 쉴 때마다 입김이 어리고 있었다. 마악 반항심이 자라던 나는 씨익씨익 숨을 몰아쉬며 엄니 물동이를 받아 내리고는, 팽하니 돌아섰다.

엄니는 가만히 나를 불러 마루에 앉아보라고 하시더니

마당가로 걸어가 감나무를 부드럽게 한 번 흔들었다. 물든 잎사귀들이 떨어져 내렸다. 때마침 아침 해가 떠오르자 흙 마당은 더 붉게 살아났고 대빗자루 자국은 더 또렷한 빗살 무늬로 드러났고 떨어진 감 잎사귀는 연노랑 붉은색으로 선연히 빛나고 있었다.

"참 곱지야."

내 곁에 앉은 엄니가 소녀처럼 속삭였다.

그때, 무언가 말할 수 없는 떨림이 내 안을 흔들었고 가슴 시린 아름다움이란 것이 나를 물들였다.

"아버지가 없는 우리 집안은 더 단정해야 한다. 깨끗하고 가지런한 아침 마당에 들어서면 누군들 삼가는 마음을 갖지 않겠느냐."

그러고는 햇살 같은 미소로 나를 보며 말했다.

"참 좋지야."

그날 이후, 나는 아버지가 손수 지어 남겨주신 이 집을 떠날 때까지, 날마다 해 뜨기 전에 일어나 정성껏 흙마당을 쓸었다. 그리고 가을이면 대빗자루 자국이 가지런한 흙마당에 물든 나무를 토옥, 흔들어 잎새를 떨군 뒤 마루에 앉아서 한참을 바라보곤 했다.

"참 곱다야."

고요히 혼잣말을 하며 아침 해가 떠올라 환하고 시린 마음으로 나를 일으켜 세울 때까지.

# 천자문 공부

1학년 여름방학식 날, 우리는 처음으로 '성적표'라는 걸 받아 들었다.

"니는 수가 몇 개다냐."

"애개, 미미미양미네잉."

"와, 니는 수우수수우다냐."

"으디 평이 니는…."

나는 가슴이 두근거려 내 성적표를 펴 보지도 못하고 있는데 한 아그가 확 채 갔다.

"어라, 생각보다… 으찌 이런다냐. 미우미우수네잉."

순간 나는 내가 못나고 미워졌고, 울 엄니의 얼굴이 떠올라 침울해지고 말았다.

"야야, 사람은 말이다, 대기만성이랑께. 우리 서당 선생님 왈, 큰 인물은 싸목싸목 찬찬히 커 나간다드랑께."

"그라제, 그라제이. 성적표가 으찌 성공표랑가."

동무들이 종알종알 새들처럼 지저귀었다.

나도 조금 밝아졌으나 성적표를 들고 집으로 돌아가는 발걸음이 무거워서 노동산에 올라가 바다를 내려다보고 하늘을 바라다보았다. 그러다가 '대기만성大器晩成' 그 문자가 점점 또렷해지며 마음을 파고들었다.

방학이 끝나고 나는 그 동무를 따라 건넛마을 서당에 가 슬며시 뒷자리에 앉았다. 앉은 채로 슬금슬금 훈장 선생님 가까이 가다보니 어느샌가 맨 앞자리에 앉아 있었다. 아그들도 훈장 선생님도 어린 불청객이자 도강생인 나를 모른 체 해주었다.

그날 이후 학교가 파하면 서당 가는 발걸음이 가벼워서 배고픈 줄도 몰랐다.

천자문이 시작되던 날, 훈장 선생님이 첫 문장을 낭송했다.

"하늘 천, 땅 지, 검을 현, 누를 황, 집 우, 집 주…"

훈장님의 풀이가 있고 나서 먹을 갈아 붓으로 글을 쓰고 다시 낭송이 반복되었다. 그때, 뜻도 잘 모름시롱, 나는 어떤 크고 심오한 느낌에 사로잡혔다. 나의 집이… 나의 집은 우주, 우주다! 내가… 나는… 우주의 아이다! 놀라움과 웅장함에 나는 묵연해져 부렀다.

공소에서 호세 신부님이랑 미사 드리고 찬송할 때면 불현듯 감싸이던 신비한 느낌, 그 낯설고 경이로운 순간이 여그 서당에서 또 찾아온 것이다.

"선생님, 근디요, 왜 하늘이 검을 현玄이당가요? 하늘은 파란디라."

나는 도강생인 것도 잊은 채 크게 여쭤불고 말았다.

"흠… 노동리에 산다고 했제? 이따 저녁 묵고 거그 언덕 위 동백나무로 나오니라. 내가 마실 가마."

저녁에 나가보니 훈장 선생님이 벚나무 길을 걸어오고 있었다.

"밥은 묵었는가?"

"예, 진지 드셨는가라?"

훈장 선생님은 동백나무 아래 너럭바위에 앉아 긴 담뱃대에 불을 붙이셨다.

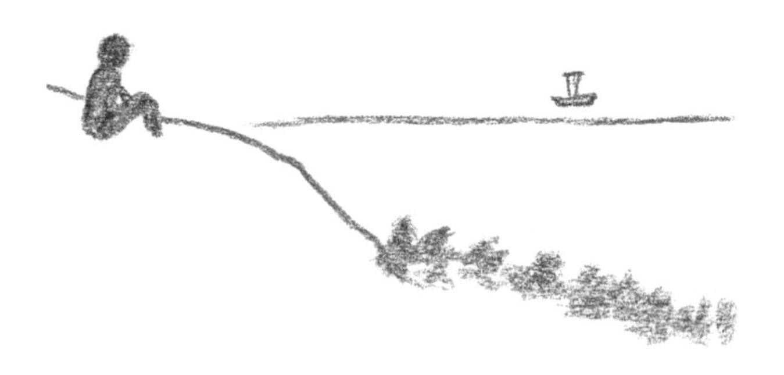

"자 하늘을 올려다보그라. 어떠하냐."

"아… 감푸르네요. 근디 낮에는 파란디라."

"파란 하늘 그 너머는 어디다냐?"

"… 우주…요."

"그라제. 우주라 하제. 부처님은 삼천대천세계三千大千世界라 하셨제. 가없는 우주에 온 생명이 깃들어 살고 가없는 시간 속에 하늘님이 계시겄제."

나는 '아따 이것이 뭔 소리당가요' 속으로 중얼거리며 훈장 선생님 말씀을 곱씹어 보다가 하늘을 올려보다가 하는데, 가물가물한 그 머시기가 전해져 오는 것이었다.

"근디 말이다, 푸른 하늘을 감싸고 있는 저 가이 없는 어둠이 나쁜 것이냐?"

"어둠은 무섭지라이."

"그래, 무섭제. 무서워야제. 다 안 보이니까. 앞이 안 보이니까. 떨리는 걸음으로 삼가야 하는 것이제. 그랑께 빛을 밝힐라고 배우고 닦는 것이제. 그것이 공부이고 깨달음이라는 것이제. 우주가 너의 집이고 너는 하늘님의 아이니께, 그 뜻을 깨치고 살면서 빛나는 마음으로 어둠 속의 길을 밝혀가는 것이제."

나는 고개를 끄덕이며 훈장 선생님께 허리 숙여 인사를 드렸다.

내가 처음 배운 우주라는 말. 내가 아주 작아져 버린 밤. 내가 크고 깊어져 버린 밤. 나는 "하늘 천, 땅 지, 검을 현, 누를 황, 집 우, 집 주"를 되뇌며 어둠 속을 걸어왔다.

## 동네 한 바퀴

"아가, 정미소댁이 몸살이 심한 갑드라. 찹쌀에 낙지를 고았으니 갖다드리고 오니라."

할머니가 목도리를 둘러주며 묵직한 놋그릇을 내미셨다. 나는 행여 쏟을세라 눈을 크게 뜨고 돌부리를 피해서, 꼬리치며 따라나서는 강아지를 살핌시롱, 조심조심 걸어가 그댁 마루 위에 죽을 내려놓고서야 후우, 숨을 쉬었다.

창호문이 열리고 이마에 수건을 묶은 아짐씨가 몸을 기울여 나를 반겼다.

"하이고, 평이가 이걸 여기까지 들고 왔다냐아. 고맙다잉. 잘 먹고 언능 일어나마. 할무니께 감사 인사 전하그라잉."

또 얼마 뒤 할머니가 골목에서 놀던 나를 불렀다.

"아가, 샘터 옆 새댁이 첫 아그를 낳고서 젖이 잘 안 나온 갑드라. 애저 한 마리 고았응께, 새우젓 간 해서 다 드시라 전해라잉."

이번엔 그릇이 아니라 냄비였다.

"할무니이 무거운디요. 샘터까지 가다가는 팔이 빠지겄는디요."

나는 웃는 할머니를 뒤로하고 자박자박 샘터 길로 나섰다.

"평아 으디 간다냐?"

물동이를 이고 오던 숙이 누나가 물어도 나는 발을 헛딛을세라 쳐다도 안 보고서 말했다.

"시방요, 아그 젖이요, 할무니가요, 애저탕을요, 나가요 저수지 얼음판 가는 것 같아서라, 나 그냥 가부께요잉."

"호호호. 뭔 말이다냐잉. 암튼 애저탕이 평이 니를 담아 들고 가는 것 같다야."

나도 그만 웃겨서 손이 흔들릴세라 냄비를 더 꽉 쥐었다.

큰 팽나무 아래 동네 샘터에 이르자 배추랑 무우랑 아욱이랑 꼬막이랑 파래김이랑 갑오징어랑 저녁거리를 씻고 물을 뜨러 온 누나들과 엄니들이 "평아 그게 머시기다냐?" "뭔디 옥새마냥 살금살금 들고 간다냐." "하이고 맛난 냄새네잉." 한마디씩 건네며 또 나를 자꾸 불렀다.

"아 그니께 할무니가요, 새댁 아그 젖이요, 시방 나가 팔이랑요, 겁나게 무거워서라, 나가 말을 못 항께요…."

물기 어린 바닥에 미끄러질세라 또 앞만 보고 걸었다.

"하이고, 느그 할무니 마음씨하고는. 평이가 다 컸다야. 할무니가 굽어질수록 평이는 아기 장군처럼 자란다야. 장하다야."

그러거나 말거나 나는 애저탕 냄비를 두 손으로 모시듯 들고 새댁네 사립문을 엉덩이로 밀고 마루에 내려놓고서야 털썩, 토방 댓돌에 주저앉았다.

새댁이 아가를 안은 채 얼굴을 내밀고 아재가 소 외양간에서 걸어 나왔다.

"아유, 으쯔까나, 이 귀한 애저탕을… 할무니 당신 드실 것도 없을 텐데. 잘 먹고 젖 불어 애기 멕이면 안고 찾아뵙겠다 전해주그라. 우리 평이 멋져부네. 고맙다잉."

나는 꾸벅 인사를 하고 집으로 돌아왔다.

"할무니 댕겨왔어라."

긴장이 풀린 몸으로 하느적 하느적 평상에 풀썩 앉았다.

"아이고 우리 손주 고생했네. 이리 오소. 팔이랑 다리랑 아프제이. 이 할미가 인자 갈 날이 머지않아서, 마음은 청푸른디 손발이 안 따라서, 우리 평이가 나서야 안 쓰겄는가."

그 소리에, 힘들고 불만 차던 마음이 싸아하니 가시며, 갑자기 무섭고 슬퍼져서 "할무니 할무니이, 가지 말어. 가면 안 돼." 울먹이고 말았다.

"아가, 사람이 나이 들면 다 주름지고 닳아지고 흙이 되는 거시제. 그랑께 눈이 총총할 때 좋은 것 많이 담고 좋은 책 많이 읽고, 몸이 푸를 때 힘 쓰고 좋은 일을 해야 하는 거제이. 손발 좀 아낀다고 금손 되겠냐 옥손 되겠냐. 좋을 때 안 쓰면 사람 베린다. 도움 주는 일 미루지 말고 있을 때 나눠야 쓴다잉. 다 덕분에, 덕분에 살아가는 것인께."

그렇게 동네 사람들한테 감사받고 인사받는 좋은 일은 꼭 나를 불러 시키던 우리 할무니. 얼마 뒤 할머니가 돌아가시고 또 얼마 뒤 벼락처럼 아버지가 돌아가셨다.

이른 봄날이었다. 해토解土에 애기 쑥과 달롱개달래와 냉이 싹이 고개를 내밀 즈음 건넛집 아재가 숙제하고 있는 나를 찾아왔다.

"우리 집 담장이 무너졌는디 말이다. 오후에 도울 손 있으면 좀 와 달라고, 동네 한 바퀴 돌고 올 수 있겄냐아. 평이 니 목소리가 파도처럼 힘차고 봄바람마냥 안 곱냐아. 니 말고 누가 있겄냐아."

강석이 아재의 사근사근 배 씹는 소리 같은 부탁에 나는 동네 한 바퀴 돌음시롱 집집마다 일손을 청하였다.

오후가 되자 서른이 넘는 장정들이 아재 집 마당으로 모여들었다.

"어라, 이게 뭣이여. 서너 발도 안 되는 담장 무너진 거 갖고서 일손 서른을 불러 모은다냐."

"혼자 해도 사나흘 싸목싸목 하면 되겄구만 이깟 게 일이여 놀이여. 허허."

동네 청년과 어른들은 흙을 이기고 돌을 고르고 척척 담장을 쌓다가, 차려낸 술상을 오가며 반쯤 놀고 반쯤 일하다, 한나절 만에 튼실하고 멋진 담장을 빚어냈다. 내친김에 뒷산의 진달래랑 다복솔이랑 동백 몇 그루를 떠 와서 심어 주고 장마 물길과 도랑 보수까지 말끔히 끝내는 것이었다.

"담장 자알 나왔네. 재주꾼들이 다 모여 거드니께 궁궐 담장보다 멋지네."

"야아, 이 집 주인댁이 귀티가 나부네잉."

"하이고 마마, 여기 바지락전이랑 도다리회랑 막걸리가 동났사옵니다. 하하하."

"아재요, 형수요, 이참에 더 손 볼 거 있으면 다 해드릴랑께 말씀만 하씨요잉."

먹을거리를 거든다고 누나들이 살금살금 모여들자 청년들은 더 힘을 내며 눈을 빛냈다.

그랬다. 동네 일이란 게 그랬다. 어찌 보면 쓸데없이 많은 사람이 모여 노작노작 느긋느긋 돌아가는 시간이었다.

"일이란 게 말이여. 평생 하는 일인디 말이여. 빨리빨리 하는 것도 좋지만 사이좋게 함시롱, 신명 나게 하는 게 더 중하제이."

"그럼 그럼. 우리네 인생살이가 길게 보면 말이여. 서로 나누고 기대는 것이 최고의 효율이고 믿음이 아니겄는가."

"암만, 백지장도 맞들면 낫제이."

"그라제. 백지장도 맞들어봐야만 바위 같은 시련도 함께 맞들 수 있는 거제."

"아따, 캄캄한 밤하늘 쬐맨 별들도 모이면 은하수가 되고 그리운 견우직녀도 만나불제잉."

"평이 땜시롱 우리 동네 청춘남녀 견우직녀 다 모여부렀네. 하하."

그날 이후 '동네 한 바퀴'는 내 몫이 되고 말았다.

"평아, 강가 빨래터에 말이다. 지난 장마에 돌판이 떠내려갔는디 여태 손을 못 봤다. 오늘 날도 좋은께 남정네들 몇몇 와서 너럭바위 좀 깔아 달라고 전하믄 좋겠구만잉."

"동네 우물에 이끼가 떠오르던디, 물 말갛게 나오게 닦을 일손들 좀 모아 온나."

"누나들 노는 정미소 마당 배구장 안 있냐. 거그 그물이랑 기둥이 서금서금하더라. 나무 좀 새로 해와서 짱짱했으면 좋겄는디. 햇살 좋은 쪽에다 긴 의자도 좀 만들어주고잉."

"염전 물수레가 삐그덕 하드만. 오늘 해 지기 전에 모여 수리해 불자고 싸게 한 바퀴 돌고 오니라."

그럴 때마다 나는 매번 더 단정하고 사려 깊게, 더 환한 낯빛으로 일손을 청하러 다녔다.

"나가 느그 할무니한테 보살핌받은 게 얼마인디, 평이가 부르면 안 갈 수가 없제이."

"그려 그려, 거름 두 지게만 내고 갈 테니께 먼저 가그라."

"내 아랫논 물꼬만 잡고 얼른 가마."

"아따, 평이가 동네 한 바퀴 돌았다 하면 일손 넘치게 모으네 그려. 이러다 커서 나라 한 바퀴 돌았다 하면 온 나라 일손 다 모으것네. 하하하."

그렇게 한해 또 한해가 흐르면서 나는 건넛집 강석이 아재와 동네 어르신들의 속 깊은 그 마음을 알게 되었다. "애비 없는 호로자식"이 젤 아픈 욕이던 시절. 말을 잃고 풀이 죽어가던 나를 부추겨 '동네 한 바퀴' 사명을 줌시롱, 서로 알게 모르게 어린 나를 북돋아 주고 내 꺾인 날개를 되살려 주던 말 없는 배려와 보살핌의 마음들. 덕분에, 덕분에, 나는 더 정하고 더 올곧고 더 힘차게 자라날 수 있었으니.

내 그립고 고마운 '동네 한 바퀴'.

# 나의 첫 요리

나의 첫 번째 요리는 여덟 살 때, 그러니까 그날 정오에, 느닷없이 해버렸다.

모내기를 앞두고서 동네 일손을 구해 우리 논에 써레질을 하는 날이었다.

"일손은 잘 멕여야지야. 작은아들, 오늘 나 좀 도와주시제."

엄니가 뜨끈한 가마솥에 쌀밥을 안쳐두고 매콤새콤한 서대회 감을 손질해 살강선반에 올려두는 사이, 나는 동강양조장에서 막걸리를 받아다 찬 샘물에 담가두고, 갯벌 바닷가 어부네에 가서 갓 잡은 커다란 갯장어 두 마리를 대바구니에 담아 끙끙 이고 왔다.

"애썼다. 인자 아궁이에 불을 지피그라. 불티 안 날리게 은근히 때야 쓴다이."

"걱정 마시씨요. 싸릿가지랑 솔잎으로만 곱다시 불 땔께라."

엄니는 부뚜막 위에 된장 한 그릇, 조선파 한 다발, 어슷이 썬 무우, 여린 호박잎이랑 들깨 순이랑 토란 줄기, 절구에 굵게 빻은 고춧가루랑 마늘이랑 생강, 부엌 시루에서 기른 숙주 한 바구니를 가지런히 준비해 두고선 큰 도마를 꺼내 내 다리만큼이나 굵은 갯장어를 다듬고 토막 치기 시작했다.

그러다 갯장어가 꿈틀, 한순간에 무서운 일이 벌어졌다. 엄니의 손에서 붉은 피가 뿜어져 나왔다. 몸서리가 치고 난 얼어붙어 버렸다.

으음, 엄니가 신음을 토하더니 한참이나 감은 눈을 번쩍 뜨고 작으나 단호한 목소리로 나를 보며 말했다.

"평아, 정신 차리자. 바가지에 물을 떠라. 여기 손에 부어라. 잘혔다. 방에 가 횃대에 걸어둔 옷 내오니라. 이 치마랑 저고리 벗기고 입혀라. 되었다."

"엄니… 얼굴에 피…."

나는 엄니가 쓴 머릿수건을 풀어 후다닥 물에 적셔 이마와 볼과 목에 튄 피를 닦았다. 엄니 얼굴빛이 창백해지고 입술이 파랗게 떨려 더럭 겁이 났다. 엄니는 피 흐르는 손을 감싸 위로 치켜든 채 우뚝 서더니 말했다.

"평아, 내 말 잘 들어라. 물이 끓으면 이 장어를 넣어라. 솥뚜껑이 들썩이고 김이 오르면 여그 된장과 파를 넣고 호박잎과 야채를 넣어라. 마지막에 고춧가루랑 양념을 넣어라. 간을 잘 잡아야 쓴다. 서대회는 고루 잘 무치고 막걸리 식초는 논에 가져가서 마지막에 넣어라. 알겄냐. 다들 일 나갔을 테니 논밭에 가서 작은 엄니나 아랫집 순덕이 누나를 찾아라. 엄니가 급한 일로 출타했다 허고 늦지 않게 일손들 밥 내가그라. 알았지야, 평아, 해낼 수 있겄지야?"

나는 아직 부들부들 떰시롱 애써 씩씩하게 대답했다.

"알았어라, 다 해낼께라. 근디 엄니 혼자 가실라고라…."

엄니는 팔꿈치 아래로 피가 뚝뚝 떨어지는 손을 움켜쥔 채 날랜 걸음으로 마당을 질러 멀리 떨어진 면 소재 의원으로 가는 것이었다.

혼자 남겨진 나는 겁에 질려 아무 생각도 나지 않고 귓속에서 잉잉잉 벌이 날고 가슴에 우두두 말이 달리고 엄니의 피 묻은 얼굴만 아른거렸다. 나는 물을 한 바가지 떠서 마시고 찬물로 얼굴을 씻었다. 그리고 타닥타닥 가마솥이 끓을 때, 엄니가 불러준 순서대로 기억을 불러내며 장어 요리를 시작했다.

"하이고 하느님. 울 엄니 살려주씨요. 울 엄니가 안 불쌍하요. 아부지 델꼬 가 불더니 울 엄니까지 뭔 죄다요. 좀 살려주시씨요."

울며 기도하며 엄니가 맡긴 요리를 마쳤다. 그러고는 숨이 차도록 달려나가 아랫집 순덕이 누나를 찾았다.

"누나 얼러 씻으씨요. 바쁘요이."

나는 논흙투성이인 누나에게 두레박 물을 막 부어주며 재촉했다. 부엌으로 와서 국 맛을 본 누나가 동그래진 눈으로 나를 바라봤다.

"옴마야, 간이 딱 맞네. 맛나게 끓였네잉. 엄니가 한 거보다 평이가 더 맛있게 해부렀네이."

누나는 속도 모르고 내 머리를 쓰다듬어주었다.

"밥 늦겄소. 싸게싸게 챙기잔께라."

누나와 나는 고봉밥을 담고 김치를 썰고 국통과 그릇을 날래게 챙겨 논가 키 큰 버드나무 아래 밥을 차리고 일손들을 불렀다.

"엄니는 으디 가고 평이랑 순덕이냐?"

"아, 공소에 신부님이… 그 눈 파란 신부님이 급하게 불러 서라."

나는 애써 둘러댔다.

"하야, 귀헌 장어국이네. 나가 오늘 뭔 복이다냐아."

"하이고야 맛나네. 간도 딱 맞고 입에 착착 감기네잉."

"흐미, 요 새콤매콤 달근한 서대회 맛 좀 보소. 씨원한 동강 막걸리랑. 이 맛에 나가 여그 살제잉. 아 행복지다."

"하여튼 니 엄니 음식 솜씨는 천하제일이여."

나는 엄니가 빈 자리에 마치 내가 우리 집안의 가장이나 되는 양 뒷짐을 지고 힘을 담아 말을 했다.

"맛나게들 많이 많이 드시씨요. 우리 논에 정성 좀 많이 들여 주씨요잉."

어른들이 하하하 웃으면서 나를 놀리고 순덕이 누나도 "아따아따, 쫌 있으면 장가 보내달라겄다야" 호호호 웃음을 날렸다.

나는 집에 돌아와 설거지를 마치고 엄니를 기다렸다. 해가 저물녘에야 엄니가 핼쓱한 얼굴로 작아져서 돌아왔다. 기름 떨어진 호롱불처럼 힘이 하나도 없는 목소리였다.

"평아, 이른 대로 했느냐?"

"예. 걱정 마씨요. 다 잘 되었써라."

"장하다. 이부자리 좀 펴다오."

나는 잽싸게 방으로 달려가 요를 펴고 베개를 놓았다. 그리고 핏자국이 말라붙은 웃저고리를 벗겨주었다. 자리에 누운 엄니가 눈을 감고 신음하더니 하얗게 마른 입술로 더듬거렸다.

"손은 붙였다. 스무 바늘쯤 꿰맸다. 피를 많이 흘려 도중에 어질했으나 다 잘 되었다. 감사하다. 오 하느님, 성모님…." 그러고는 스르르 잠에 들었다.

나는 살금살금 들락거리며 내가 아파 누웠을 때 엄니가 해준 것들을 떠올리며 수건을 적셔 이마의 땀을 닦고 따끈한 물로 발을 닦고 팥 자루를 데워 배 위에 얹었다. 그리고 엄니의 낡은 기도문을 펼쳐 읽으며 울먹였다.

엄니가 깨어났을 때 솥 안 더운 물 위에 놓아둔 장어국과 밥을 내왔다. 벽에 기대앉아 상을 받은 엄니가 나를 한참 쳐다보더니 "많이 컸네…" 하셨다. 나는 머쓱한 데다 시린 마음이 들킬세라 "아따 얼른 수저나 뜨씨요" 해버렸다.

엄니는 따끈한 장어국을 맛보더니, 밥을 말더니, 점점 빠르게 드시는 거였다.

"맛나네. 잘했네. 아들 밥상을 다 받아보네…. 속없이 맛있네."

밥을 다 드신 엄니는 또 잠이 들었다.

울 엄니가 크게 베인 손을 움켜쥐고 핏방울 떨구며 홀로 먼 황톳길을 걸어가던 꿈같이 어질하고 절박했던 그날 이후, 나에게 요리쯤은 아무것도 아니었다.

예기치 않은 어느 날, 준비도 연습도 없이 맞닥뜨려야 하는 사건이 벌어지면, 울며 기도하며 내가 할 수밖에 없는 일이 주어지면, 그렇게 간절한 마음으로 꼭 해내야만 하는, 내 인생의 모든 것이 그날 정오에 시작되었다.

생각할 때마다 아뜩하고 목이 메이는 나의 첫 요리. 내 인생의 첫 요리.

## 빛나는 구구단

국민학교에 입학해 내가 해낸 최초의 성취는 구구단을 외워버린 일이었다. 이건 나한테 대단한 사건이었다. 동무들 누구나 앞서거니 뒤서거니 다 외웠으나, 나는 엄청난 일을 해낸 것처럼 가슴이 두근거렸다. 세계의 숨은 비밀 하나를 알아버린 듯 내가 마구마구 자랑스러웠다.

우리 반에서 마지막으로 길선이가 떠듬떠듬 구구단 암송을 마치자 "와아" 박수갈채가 터져 나왔다. "야아, 해냈다. 너도나도 해냈다. 우리가 해냈다. 구구단을 먹어부렀다." 아그들은 책상을 두드리고 발을 구르고 환호성을 질렀다.

흐뭇한 얼굴로 우릴 바라보던 선생님이 어흠, 목소리를 가다듬고 말씀하셨다.

"그려 그려 장하다이. 여러분은 시방 아홉 살에 구구단을 외워버린 큰일을 해부렀다. 구구단이 무엇이당가. 천 년이 넘도록 전승해 온 지혜로운 수리數理다, 이것이여. 느그들은 시방 그 장구한 역사를 이어내분 것이여. 자, 구구단의 끝이 어찌 되는가?"

"구구는 팔십일요!"

1 2 3 4 5 6 7 8 9
구구는 팔십일이요

오늘 우리가 해냈다
구구단을 먹어 부렀다!

"그라제. 구구단의 끝은 81이제. 우리 겨레의 경전인 천부경도 81자고, 노자 선생의 도덕경도 81장이제. 구구단은 비밀한 머시기가 담긴 것이다, 이 말이제. 구구는 뭐시다?"

"팔십일요!"

"앞으로 여러분 인생길에 아홉 살을 아홉 번이나 살 기회가 주어져 있제이. 창창하고 드높고 탁 트인 날들이 열려 있단 말이시. 그랑께 18살 27살 36살 45살… 아홉을 한 번씩 더할 때마다 시방 구구단을 속에다 새겨 버린 오늘처럼, 평생을 품고 나갈 위대한 뭔가를 하나씩 해내 불자 이 말이시.

알겄능가!"

"예!"

"아홉 살에다 또 아홉 살 해내면서 81살, 그 너머까정 생생히 살다가 웃으며 안녕하자, 요것이 구구 팔십일의 속뜻이여. 어영부영 되는 대로 살다가 아차, 81살이 돼부렀네. 또 아홉을 더해부렀네. 아홉 살마다 위대한 뭐 하나도 못 새기고, 빛나는 참 하나도 못 깨치고, 어쩌까이… 후회함시롱 세월이 어쩌네 인생이 어쩌네 요런 소리 하질 말더라고잉. 자아, 구구는 뭣이여?"

"팔십일요!"

우리는 한목소리로 힘차게 외쳤다.

# 눈 오는 밤의 방물장수

흰 눈이 푹푹 내리는 날, 우리 동네에 방물장수가 찾아왔다. 청년들이 멍석 짜는 방에 들러서는 망원경과 라이터와 가죽 혁대를 펼쳐놓고, 누나들이 모인 건넛방에 앉아서는 동동구르무와 머리핀과 연지를 꺼내놓고, 엄니들 모인 구들방에서는 옥팔찌랑 털장갑이랑 청심환을 늘어놓고 한 바퀴 순회를 하고서는 밤이 되자 마을 사랑방에 자리를 폈다.

토끼털 귀마개를 하고 누빈 솜옷을 입은 찐빵 같은 사내가 말씀 하나는 청산유수라, 동네 사람들이 하나둘 방이 꽉 차도록 모여들었다. 방물장수는 신이 났다.

"자자, 애들은 가라 가. 밤송이도 때가 있고 조개도 때가 있응께. 아직 안 여물고 안 돋아난 맨숭이들은 가라 가.

나가 말이시, 눈 내리는 시베리아 설원을 지나 아무르강을 건너고 만주벌판을 말 달려서 압록강 두만강 얼음강을 즈려 밟고 서울발 0시 50분 기차를 타고 목포 항구에서 홍어에 탁배기 한잔 걸치고 밤새 눈길을 걸어 순천 가서 천하미인을 버려두고 벌교 와서 물오른 꼬막 삶아서 딱 세 알 까먹고 어디로오~ 갈꺼나아~ 둘러보니께, 아 딱 바로 여그, 고흥군 동강면 노동산에 서기 어린 무지개가 떠올라 날 부

르더라 이것이여.

지나는 마을마다 내 옷자락을 붙잡았건만, 다 물리치고서 눈길을 걷는 독립군 심정으로다 나가 시방 여기 자네들 앞에 착, 도착했다 이거시여. 아따 박수는 어따 뒀당가이. 만장하신 신사 숙녀 여러분 박수우. 그려 그려 씨게씨게 열렬한 박수우.

자아 이것이 무엇이냐. 불란서 빠리에서 핀란드 지나 모스크바, 하이고 거그 춥데. 언 불알이 아직도 땡땡허네잉. 모피 코트에 담비 모자 쓴 볼쇼이 발레단 무용수가, 볼쑈이, 볼쑈이, 다 알제잉. 그 늘씬하고 뽀오얀 발레리나가 은잔에 따라준 뽀드카 향에 아직도 속이 뜨겁네잉. 어허 애들은 가라 가.

자 요것은 빠리 향수여. 요것이 마법의 향수랑께. 성냥개비를 쏘옥 담가서 귀밑에 문질러 부러. 그라믄 자석에 반지 따라붙듯 미인이 달라붙어 부러. 인연은 운명 따라, 미인은 향수 따라! 하 오늘 운율 좋고 박수 조오타.

에 또 이것이 무엇이냐. 유명한 시베리아 새총이여. 눈 덮인 바이칼 호수 지나 고요한 돈강을 말 달리며 이 새총으로 날으는 청둥오리랑 꿩을 잡는단 말시. 요 특수 고무줄이랑 돌 재우는 가죽 좀 보소. 하늘을 향해 쏘믄 파르르릉 가야금 소리 비파 소리 바이올린 소리를 울림시롱 날아가던 새가 기냥 지가 와서 맞아분당께.

자 요것은 머시냐. 스위스제 만능 칼이여. 요건 쌀 한 가마 값잉께 그냥 만져보기만 허드라고잉. 요건 씨가라는 거여. 특급 밀수여. 만지지도 말고 한 뼘 가찹게 가지도 말고 기냥 향만 맡으소잉.

그뿐인가. 맨살에도 기냥 차악 앵기는 흰여우 목도리며 밤에도 대낮처럼 훤허고 꺼질 줄을 모르는 손전등이며, 이 가방에는 없는 게 없드라고잉. 세상 만물 중 무거운 것 빼고 다 있응께 싸게싸게들 보시요잉. 요로코롬 좋고 귀한 것들은 다시 못 보제.

아아 인생은 짧고 흐르는 세월을 누가 잡을 것이여. 이 먼 동강면 노동리에 다시 올 날이 있을랑가 모르겠응께, 여그 모인 귀인 청춘들께서 오늘 귀물 하나씩 품에 안고 가드라고잉. 자아 박수, 박수는 비용 안 내니께 박수우."

눈이 휘둥그레지는 물건들 사이에서 하지만, 아홉 살 내 눈은 딱 한 군데 꽂혀 있었다. 저 상자 밑에 깔려있는 책들!

"어허 어허, 요 아그 봐라. 그러코롬 눈이 뚫어져라 봐 불면 요 귀한 책이 닳고 구멍 나불제잉."

방물장수가 슬그머니 책을 꺼내주는데 옴마 옴마, 야하디야한 사진 책이었다.

"하이고 시원하니 좋긴 한디 춥겄다. 서양 누나들 많이 춥겄소.”

내가 입을 열자 다들 뒹굴며 폭소를 터뜨렸다. 방물장수가 어험, 담배를 찰깍 붙이며 이어받았다.

“어이 어린 소년, 자네는 좀 클 때까지 그냥 춥게 놔두소잉.”

“그라지라 머. 추운 나라 누나들도 봄은 안 오것소잉. 근디 그 밑에 저 책들은 머다요?”

“아 요건… 그려 요건… 저 중원 땅 천하제일 문필가의 무협지 아닝가. 요거시 어마무시헌 책이여잉. 장개석은 상편만 봤는디 모택동은 상중하를 다 읽어서 중화를 제패했다는 신들린 책이제.”

“쩌그 나가 시방 살 돈은 없는디요. 좀 빌려보면 안 될까라? 침도 안 묻히고 곱게 넘겨 카칼히 보고 돌려드릴께라.”

옆에 있던 동네 누나랑 형들도 너나없이 한입씩 보탰다.

“그러씨요. 우리 평이가 앞으로 솔찬한 아그일 꺼요.”

“여그 다시 못 온다고 안 혔소. 부탁 한번 들어주소잉.”

“귀한 걸음 하셨응께, 선심 허시면 복 받으실 거요.”

마침내 방물장수가 내게 책을 건넸다.

“하이고 어린 청년, 기운 씨네. 요 무협지 읽고 훗날 강호에 이름 날리면 그때 나 기억해 줄랑가잉.”

“나가 말이요, 어젯밤 꿈에 귀인이 흰말을 타고 무지갯빛으로 달려오시드만요. 방물장수 아재가 그 귀인잉갑소잉. 참말 감사허요이. 낼 동네 떠나실 때까정 꼭 돌려드릴께라."

난 책을 품에 안고 씽 집으로 달려갔다. 앉은뱅이 책상에 호롱불을 켜고 밤새도록 책을 읽어갔다. 서당에서 천자문을 익혀서 곳곳의 한자쯤은 문제가 아니었다. 오줌보가 불 때마다 아쉽게도 책을 덮고 일어나 눈 쌓인 마당가로 달려가 쉬아를 하고 얼른 돌아와 다시 책을 펼쳤다. 사륵사륵 내리는 눈 사이로 새벽빛이 희푸르게 창호문을 밝히고 아침이 오고 정오가 될 때까지 나는 홀린 듯 상중하편을 완독해부렀다.

그날, 나의 시간은 세상의 시간과 완전히 다르게 흘렀다. 나는 저 고대의 높은 산맥과 사막 동굴과 고원을 흰머리가 되도록 누비고 다녔으나 여기 조선 땅 남도의 동강면 우리 동네는 겨우 하룻밤이 흘렀을 뿐이었다.

그렇게 마지막 장을 덮고서 책 속의 주인공마냥 가부좌로 단전호흡을 한 다음, 집을 나서 아직 잠이 든 방물장수 머리맡 낡은 가죽 상자 위에 책을 단정히 놓아두었다.

그리고 보리밭 길을 지나 거북이 머리 동산에서 학의 날개 동산까지 이어지는 긴 방죽길을 하염없이 걷고 또 걸었다. 탁 트인 가슴은 추위 속에서도 황홀했다. 흰 눈 덮인 노동산과 들녘과 바다까지 붉은 노을빛이 눈부셨다.

그렇게 집으로 돌아와 깊은 잠에 빠졌다. 꿈속에서 나는 태산의 아득한 절벽과 장안의 성벽을 경공술로 누비고, 황사가 몰아쳐 태양도 빛을 잃은 사막을 말 달리고, 민중을 핍박하는 사악한 권세가들의 목을 베고, 풀벌레 소리 우는 초원에서 의로운 절세가인을 만나고, 대나무 끝을 사뿐 딛고 날아 자객들을 처치하고, 은빛 억새 날리는 강가를 걸으며 고독한 유랑을 하는, 짧고도 긴긴 겨울밤이었다.

# 그래, 늙으면 두고 보자

집 마당에 들어서자마자 공기가 이상했다. 마루에 앉아 있던 동무 엄니들이 인사를 받는 둥 마는 둥 황급히 자리를 뜨고, 앞만 바라보고 있던 엄니의 낯빛이 싸아했다.

"종아리 걷어라."

나는 영문도 모른 채 서슬 퍼런 엄니의 목소리에 눌려 일단 종아리를 걷고 섰다.

회초리가 찰싹찰싹 종아리에 붉은 선을 그렸다. 그란디, 종아리에 떨어지는 엄니의 회초리질이 다른 때보다 맵차고 사나웠다. 으찌나 뜨겁고 아픈지 몇 대만에 난 발을 구르기 시작했다.

"그래, 이눔아, 아그들을 델꼬 술판을 벌려! 어디서 배워 먹은 짓이냐!"

'시방 이게 뭔 씨나락 까먹는 말씀이다냐' 하다가 퍼뜩,

무슨 사단인지 알아챘다.

그저께 우리 논에 모내기할 때였다. 나는 동강양조장에 들러 새참으로 내갈 막걸리를 받아오는 길이었다. 물방울이 송글송글 맺힌 큰 주전자를 끙끙 들고 오다가 배롱나무 그늘에서 숨을 돌리는데, 옆에서 놀고 있던 동무들이 주전자 뚜껑에 막걸리를 따라 한 모금씩 나눠 마심시롱 "캬아 달고 씨원타" 어른들 흉내를 냈더랬다.

그랬는디, 오늘 집에 오는 길에 보니까 모내기하는 집 동무들 몇몇이 막걸리를 받아오면서 몇 모금씩 따라 마시다 그만 해롱해롱 비틀비틀하는 게 아닌가. 요것들이 집에서 야단을 맞다가 겁에 질려 "기평이가 먹자 그랬어라" 급하게 나한테 밀쳐부렀음이 불 보듯 환했다.

요 비스므레한 일이 한두 번이 아니었다. 그때마다 나는 꾸욱, 암 말도 안 했었다.

엄니는 매사에 경우 있고 예의 바르게, 걸음걸이 하나 옷차림 하나에도 엄정하게 우리를 단속했다. 그래서 동네 어른들에게 나는 신용의 보증이었고, 동무들은 야단맞을 일이 생기면 "기평이랑 같이 있었는디라" 함시롱 소소한 일쯤은 밀어 넘기기 일쑤였다.

그런 게 쌓여서인지 뜬금없는 이 회초리질이 억울하고 분하게 다가왔다. 엄니도 그렇지, 으찌 나한테 물어보지도 않고 회초리질부터 한단 말인가. 지금껏 학교에서 부모님 모셔 오라는 소리 한 번 없이 사고 한 번 안 치고, 엄니 걱정 안 끼칠라고 분하고 억울한 일도 혼자 삼키고 왔는디….

나는 입을 꼬옥 다물고 성난 눈으로 앞만 바라보았다.

"그래도 잘못했다는 말이 안 나오냐."

엄니는 나의 반항기를 알아채고는 더 맵고 씨게 회초리를 내리쳤다.

"나가 동네북이요, 징이요. 엄니까지 나한테 이러요!"

나는 소리 소리를 질렀다.

"어디서 큰소리여. 반성은 안 하고 엄니한테 대들엇!"

그때부터 뒷덜미를 잡힌 채 등짝이며 어깻죽지며 온몸을 두들겨 맞기 시작했다.

"나가 잘못한 거 아니라고 안 그랬쏘!"

분에 못 이긴 나는 엄니를 시퍼렇게 쏘아봤다.

"니 고집이 세나 매가 세나 으디 한번 해보자."

동네 누나들과 이웃들까지 나와서 보고 있는 데다 나의 자존심이 더해져 반항은 더 거칠어졌다. 엄니는 흥분 때문인지 지금 이 반항과 고집을 꺾어놓지 않으면 내가 엇나가겠다는 위기감 때문인지, 작심하고 매를 때리기 시작했다.

"아이고 저러다 아 잡겄네", "언니도 그만 하씨요이" 수그러들 기미가 안 보이자 주위 사람들이 말리고 나섰다. 그러다가 대들던 나의 몸부림에 매가 내 머리통에 잘못 떨어지고 말았다. 그때였다. 나도 모르게 한마디가 터져 나왔다.

"그래, 늙으면 두고 보자아!"

순간, 매질하던 엄니 손에 축, 힘이 풀리고 뜨겁던 공기가 오싹해졌다. 어린 내 입에서 터져 나온 상상 못 할 일격에서 정신을 차린 엄니가 다시 몽둥이를 집어 들면서 소리쳤다.

"뭐라, 늙으면 두고 보자고, 어디서 배워 먹은 못된 말이냐. 그래, 지금 봐라, 지금 해 봐라."

그런데, 엄니보다 더 충격을 받은 것은 바로 나였다. "그래, 늙으면 두고 보자!" 이 한마디 말의 파문에 정신이 번쩍 드는 순간 내 마음에 정적이 찾아왔다. 더 거세진 엄니의 매질도, 그렇게 아프던 통증도, 분하고 서럽던 마음도, 악을 쓰며 대들던 목소리도 가라앉아 버렸다.

'오매, 이건 아닌디… 어쩌까, 이건 아닌디…' 나는 무방비 상태로 매를 맞으며 나도 모르게 튀어나온 이 말을 되돌려 보고 있었다.

며칠 전 일이었다. 학교에서 억울한 일을 당해 시무룩해 있는 나에게 호세 신부님이 성서 한 구절을 읊어주었다. "가난하여도 지혜로운 아이는 앞날을 내다볼 줄 모르는 늙고 어리석은 왕보다 훌륭하다." 나는 왠지 힘이 불끈 났고 이 말을 며칠째 일기에 써가며 곱씹던 중이었다.

하이고 그란디, 엄니한테 매를 맞다가 억울한 심정에 난데없이 "그래, 늙으면 두고 보자!" 요런 말이 튀어나와 버린 것이다. 생각에 잠긴 채 등허리에 떨어지는 매를 맞던 나는 "아이고, 평이가 이상하요", "야가 왜 이런다냐" 웅성이는 소리 속에 까무룩 쓰러지고 말았다.

그리고 엄니와 서먹해져서 서로 눈도 안 마주치는 시간이 흘러갔다. 한 달 만에 호세 신부님이 공소에 오는 날이었다.

"신부님, 나 좀 봅시다요. 나가 신부님 땜에 별이 나도록 맞아부렀어라. 신부님이 읽어준 그 글 땜시…."

나는 그날의 자초지종을 고했다.

"하하하, 가스파르, 하하하."

"난 시방도 아프고 분한디 신부님은 뭐가 웃긴다요."

"참 좋은 네 엄마 이멜다 씨가 별이 나게 때릴만했구먼. 하하하. 내가 그때 뭘 읽어줬다고?"

"아 긍께로, 지혜로운 아그가 앞날을 모르는 늙은 왕보다 훌륭하다고…."

"그 말은 왕들한테 해야제 어쩌자고 엄니한테 해부렀당가? 지혜롭지 못한 아이니 맞아도 싸구만. 하하하."

이 사건은 우리 가족은 물론 동네에서도 얼마나 유명했던지, 내가 자라는 동안 꼬리표처럼 따라다녔다.

"아따 평이 많이 컸네. 벌써 늙은 우리는 두고 보잘 것도 없네잉." "평아, 나중에 선생님 늙으면 잘 좀 두고 봐주소잉." 동네 어른들이나 친한 학교 선생님들이 나를 놀릴 때면 어김없이 그 말을 소환하곤 했다.

그 사건 이후 어머니와 나의 관계에도 큰 변화가 왔다. 나는 아들로서 해서는 아니 될 말을 내뱉은 나를 자책하며 엄니 앞에서 더 삼갔고 엄니는 더는 내게 매를 들지 않았다.

내가 열 살이 넘은 어느 날, 엄니와 마루에 나란히 앉아서 말없이 산 그리메를 바라보고 있었다. 그런데 얼마 만인가. 어머니가 빙그레 웃으며 살갑게 말을 건넸다.

"우리 집안에 평이가 있어 듬직하네. 그래, 늙으면 두고 보자! 그랬제에. 어서어서 자라나서 빛나는 네 모습을 보는 게 이 엄니의 보람이다. 그것이 내가 사는 힘이다."

나는 여즉도 그런 말을 한 내가 미워지고 홀로 다섯 남매를 키우느라 수척해진 엄니의 모습이 서러워서, 눈시울이 젖는 걸 숨기느라 잔뜩 무게를 잡음시롱 늠름하게 말했다.

"아따, 엄니는 나가 철부지 애기 때 속없이 한 말을 여태 두고두고 놀리신다요잉. 엄니만 강녕하시씨요. 나가 커서 울 엄니 편히 모실랑께요."

어머니의 바람처럼 나는 한해 한해 어서어서 자라나긴 했다. 그 사이 어머니의 곱던 자태와 장군 같은 위엄은 한해 한해 사위어져 갔다. 그런 엄니를 볼 때마다 나는 자꾸만 옆구리가 아팠다.

이젠 누구도 그 말을 기억하는 사람이 없지만 "그래, 늙으면 두고 보자아!" 아홉 살 내가 내뱉은 말은 싸아한 슬픔으로 내내 내 가슴에 남았다.

나는 홀로된 울 엄니의 젊음을 먹고 눈물을 먹고 기도를 먹고 어서어서 자라났는데, 엄니의 가르침대로 엄니가 바쳐준 사랑의 힘으로 이렇게 자라났는데, 엄니한테 정말 잘하고 싶었는데, 한 번은 자랑이고 싶었는데, 한 번도 그러지 못해서… 이제는 그럴 수도 없어서… 엄니 미안해.

# 꽃씨들의 속삭임

새로 부임하신 우리 담임선생님한테 나는 반해버렸다. 선생님은 수업을 시작하기 전에 꼭 시를 한 편 읽어주시고, 재미난 이야기로 웃음꽃을 피운 다음 교과서 진도를 나갔다. 늘 흰 셔츠에 넥타이를 매고 교탁에 선 모습 하며, 칠판에 백묵으로 써 내려가는 힘찬 글씨체 하며, 설명할 때 지어 보이는 우아한 손짓과 표정 하며, 깊은 음성에 리듬감이 절묘한 서울 말씨까지, 참말로 그런 멋쟁이가 없었다.

무엇보다 첫날부터 꽃 한 송이를 들고 와 교탁에 올려 두었고, 늘 교실 창가 화병에 계절 꽃을 꽂아 두었고, 물어보면 모르는 꽃이 없었다. 우리는 이구동성으로 '꽃 선생님'이라는 별명을 지어부렀다.

가을 종례 시간이었다. 선생님이 미리 겨울방학 숙제를 내주었다. '내년 봄에 동네랑 학교에 심을 꽃씨를 받아 가져

오기.' 꽃 선생님다운 내 맘에 쏙 드는 숙제였다. 유난히 꽃을 좋아하는 난 벌써부터 가슴이 설레었다.

집에 오자마자 엄니한테 창호문을 새로 붙이자고 했다.

"추수 마치고 하는 건디… 그러렴."

누나를 졸라 풀을 쑤고, 물을 뿌려 낡은 창호지를 뜯고, 다락에 모셔둔 한지를 꺼내 창호문을 새로 붙였다. 구멍이 자주 나는 문고리와 손잡이 쪽에는 책갈피에 눌러둔 모란 꽃잎과 산국화와 단풍잎을 붙이고 창호지를 한 겹 더 발랐다.

"환하고 곱네. 이쁘게도 잘혔다."

저녁 밥상에서 엄니가 칭찬을 해주었다. 난 싱글벙글 웃었다. 실은… 내 속셈은 따로 있었다. 창호문을 핑계로 귀한 한지를 꺼낸 것이다! 나는 몰래 한지를 조금 빼 두었다가 서른 개가 넘는 꽃씨 봉투를 만들어 내 책상 서랍에 쟁여 놓았다.

다음 날부터 산과 들과 바닷가를 누비며 꽃씨를 받으러 다녔다. 고이고이 받은 꽃씨들을 종류별로 한지 봉투에 넣고 꽃 그림을 그리고 꽃 이름을 쓰고, 지끈으로 묶어 서랍에 넣어두었다.

고광꽃 참나리 분꽃 앵초 꿩의다리 초롱꽃 패랭이 봉선화 솔체 접시꽃 백일홍 금낭화 붓꽃 하늘매발톱 도라지꽃

구절초 채송화 과꽃 치자 동백꽃 산국화 작약 할미꽃 해당화… 하나하나 봉투가 채워질수록 내 가슴도 부풀었다.

해가 짧아지고 밤이 길어지고, 가을이 깊어지고 겨울 발걸음 소리가 울려올 즈음에 나는 꽃씨들이 답답할까 봐 꽃씨 봉투를 창호문 위 서까래에 매달아 놓았다.

기다리던 겨울방학이 왔다. 나는 동무들과 보리밭에서 공을 차고 연을 날리고, 꽝꽝 언 저수지에서 썰매를 타고, 누나를 따라 또롱또롱 여문 꼬막을 캐며 널배를 밀어주고, 토끼를 잡는 형들을 쫓아다니느라 짧은 하루가 더 짧아졌다. 종일 오돌돌 떨며 놀다 와서는 겨울바람에 울리는 문풍지 소리를 들으며 구들방에서 아기곰처럼 길고 깊은 단잠에 빠졌다.

눈이 내리는 하얀 밤이었다. 잠결에 어디선가 부스럭부스럭 희미한 소리가 들려왔다. 짝사랑하는 소녀의 창문에 작은 돌을 던져 신호하듯 소곤소곤 잠든 나를 깨우는 소리였다. 나는 소리가 나는 쪽으로 쫑긋 귀를 기울였다. 아, 저기다! 창가에 매달아 놓은 한지 봉투 안의 꽃씨들이 속삭이는 소리였다.

"넌 무슨 빛이야? 향기는 어때?"

"어느 바람을 타고 꽃이 와?"

"어떤 새가 널 삼켜서 날아왔니?"

"벌이랑 나비랑 반딧불이랑 무당벌레랑 누가 젤 좋아해?"

"목은 안 말랐어? 가시덩굴에 다치진 않았어?"

"넌 얼마나 먼 하늘길을 여행해 왔니?"

"총소리도 들었어? 많이 울었어?"

"고라니가 무서워 멧돼지가 무서워 아님 비둘기, 까마귀?"

밤이 깊어갈수록 꽃씨들이 두런거리는 소리가 또렷해졌다.

"그런데 넌 어떻게 여기까지 왔어?"

"나는 있지… 사람들이 가시가 아프다고 피해. 근데 평이는 해당화 향이 청아해서 최고라며 좋아해줬어. 나를 데려올 때 평이 손가락에 피가 나서 얼마나 속상하고 미안했는지 몰라."

"난 평이 할머니 무덤가에서 왔어. 나를 보고 '우리 할무니 같다. 할무니처럼 굽었네. 머리가 하얗네. 우리 할무니 곁에 있어줘서 고맙다이.' 하면서 나를 데려왔어."

"난 말이야. 3년 만에 싹이 트고 올해 처음 꽃향기를 날렸는데, 평이가 매일매일 보러 왔어. '고광꽃은 꼭 하얀 미사포 쓴 울 누나 같다아' 하는데 내가 눈물이 나서 향을 내쉬니까 그렇게 좋아하는 거 있지."

"나는 나는…", "있잖아 나는…", "나도 나도…" 재잘재잘 종알대는 소리가 점점 커지더니 목이 마른지 또 잠잠해졌다.

"우리 중에 누가 누가 먼저 피어날까?"

"동백꽃은 젤 빠른 거야, 젤 늦은 거야?"

"빨리 봄이 오면 좋겠다. 햇살이 너무 그리워."

"아냐. 더 단단히 말려야 해. 어둠이 더 필요하다니까."

"맞아 맞아. 그래야 빛깔도 맑고 향기도 좋지."

"난 있지, 사나운 것들 속에서 피어나려면 강해져야 해."

쉴 새 없이 밀어를 나누던 꽃씨들이 내가 뒤척이자 쉿! 조용해졌다.

"우리가 종알대는 바람에 평이가 잠 못 드는 거 아냐?"

"가만가만 소리 좀 낮춰봐."

"지난달에도 많이 아팠는지 끙끙 앓았잖아."

"어젠 울었어. 죽은 아빠를 부르기도 했어."

"노을 질 때 마루 기둥에 이마를 대고 한참 있던데."

"어떡해. 서러운 일이 있었나 봐."

"나도 갓 올린 꽃대를 밟힌 게 아직도 아픈데…."

"얘, 얘, 저것 봐. 평이가 웃는다. 좋은 꿈을 꾸나 봐."

그러다 다시 수런거림이 커지고 은미한 웃음소리가 들리고…. 창호문 밖엔 눈보라가 치고 언 바람이 부는데, 사그락사그락 내 꿈결을 걸어오는 꽃씨들의 속삭임. 잊히지 않는 그 겨울밤의 꿈이었다.

봉지 속의 꽃씨들이 땅에 묻혀 새근새근 연초록 새싹을 내밀고 그 환하고 해맑은 얼굴로 향기를 날리며 피어날 봄을 기다리며, 내 안에도 나만의 속꽃이 피어나고 있었다.

# 당골네 아이

3학년 등교 날. 한 책상을 쓰는 내 옆자리 짝꿍이 된 가시내한테서는 향불 내음이 났다. 아그들은 첫날부터 그 애의 길게 땋은 머리를 잡아댕기며 당골네무당네라고 놀려먹었다. 짓궂은 아그들의 놀림에도 그 애는 말없이 눈을 내릴 뿐 울지도 않았다.

이따금 그 애는 대추며 곶감을 슬며시 내 손에 쥐여주곤 했다. 그럴 때면 하얀 볼에는 살구꽃이 피어났고 단정한 차림새에 곱게 빗어 땋은 머리는 동백기름에 검게 빛이 나곤 했다. 여러움을 타던 나도 늘 조용하던 그 애도 먼저 말을 건네지는 않았다.

어느 날 점심시간에 운동장 구석에서 왁자한 소리가 났다. 가슴이 퉁게퉁게 함시롱 걸어갔더니 아그들이 그 애를 빙 둘러싸고 검정 치마를 들쳐 올리며 당골네, 당골네, 놀려

대고 그 애는 두 손으로 얼굴을 가린 채 서 있었다.

또 치마가 들춰지고 박꽃같이 하얀 허벅지가 드러날 때, 나는 "이 베락 맞을 놈들아!" 고함을 치며 돌멩이를 손에 쥐고 달려갔다. 아그들이 움찔움찔 뒷걸음질로 흩어지고, 나는 돌을 땅에 패대기치며 그 애한테 외쳤다.

"야아, 니는 목석이냐, 반편이냐, 왜 카만히 있냐고오. 잡아 뜯고 물어뜯어 부러야제. 울고불고 소리라도 쳐야제."

애기 짐승처럼 풀썩 쪼그려 앉아 고개를 숙이고 있던 그 애가 처음으로 나를 똑바로 쳐다보더니 말했다.

"나는 울며불며 하며는 안 되는디…. 글면은 울 할무니가 못 사는디…."

그 애가 어깨를 들먹이며 울음을 삼켰다.

"기냥 울어부러야! 소리 내 울어부러야!"

내가 다시 소리치자 두 손으로 얼굴을 가리고 한참이나 소리 없이 들썩이던 그 애가 일어나더니 말했다.

"난 인자 괜찮아야. 근디 어쩌까이. 니가 운이 없는 갑다. 나랑 짝꿍이 걸려서. 나가… 미안해야…."

그러고는 나를 향해 해맑게 웃는 것이었다.

그 뒤로 우리 반 아그들은 그 애를 놀리지 않았고 다른 반 아이들도 한두 번 놀려대다 눈치껏 잠잠해졌다. 그 애는 여전히 말이 없었고 가만가만 걸었고 그림자처럼 맴돌았다.

여름방학도 지나고 가을바람이 불고 들녘이 비어갈 때였다. 마을 뒷산에서 갈퀴로 노란 솔잎을 긁어 지게에 지고 내려오던 나는 개울가에서 얼굴을 씻고 물을 떠 마시며 땀을 식히고 있었다. 물든 가을 잎새와 말라가는 풀꽃들과 맑은 소나무 향기가 바람에 살랑였다.

다시 지게를 지고 일어서려는데 저기 저 황톳길 언덕 위로 그 애가 보였다. 지팡이를 든 눈이 먼 무당 할머니를 이끌고 머리에는 큼직한 광주리를 이고서 천천히 걸어오고 있었다.

나는 은빛 억새 사이로 느릿느릿한 할머니와 그 애의 걸음을 바라보다 청둥오리 떼 울며 나는 푸른 하늘을 바라보다 바람에 우수수 날리는 낙엽을 바라보다가, 괜시리 목이 메어와서 그 애가 더 가까이 오기 전에 지게를 지고 싸게싸게 걸었으나 하, 오늘따라 욕심껏 재운 나뭇짐이 무거워서 자꾸만 느려지는 것이었다.

"아따 장사다이, 안 무겁냐아. 요 나무 아래서 좀 쉬어가제이."

그 애가 뒤에서 노래하듯 불렀다.

"아가, 누구 아는 이냐."

"네에, 할무니. 우리 반 내 짝꿍이요!"

"안녕하시지라, 할무니요."

나는 큰 소나무에 지게를 받쳐 세워놓고 허리 숙여 인사를 드렸다.

"아, 듣던 대로 낭랑하네이. 뭐라드라, 세상에서 젤 낭송 좋고 글씨 좋고 맘씨 깊고 용기 있는 짝꿍이라드만."

그러자 노을빛에 더해 홍옥 사과처럼 붉어진 볼로 그 애가 말했다.

"아이고오, 할무니, 나가 언제 그랬다고요. 나 암 말도 안 했구만요."

할머니가 옆구리에 손을 짚고 허리를 두드려 펴고 서셨다. 눈은 멀었으나 훤칠하고 반듯한 생김에 귀티가 났다. 바람은 불어서 으름꽃 빛 치마에 옥색 고름이 날리고 가늘게 웃음 띤 고운 주름의 얼굴이 환히 시렸다.

"오늘 동네 굿이 있는갑지요?"

너럭바위 위에 할머니를 앉혀드리며 물었다.

"어이 그러네. 월남에서 전사했다는디. 먼 이국땅에서 감지 못한 눈을 여그서 고이 품어 보내드려야 안 되겄는가. 아까운 우리 새끼들이 생나무 꺾이듯 죽어가누만…. 우리 정숙이 아비도 6·25 동란 때 상해서 앓다가 일찍 가고 말았는디. 애미도 시름시름 하다가 떠나갔고…. 몹쓸 싸움이제."

아 정숙이, 난 그 애 이름을 한 번도 불러주지 않았구나. 정숙이도 그런 사연이 있었구나. 나는 먼 곳을 바라보며 애먼 억새 가지만 꺾고 있었다.

"자네 부모님은 다 평안하신가?"

"아부지는 돌아가셔 부렀어라."

"어허이. 쯧쯧. 한이네. 한이 크네. 그래도 장허네. 기운이 맑고 마음에 빛이 있으니께. 내 눈은 멀었으나 다 보고 느끼는 것이 있제. 사람의 마음씨는 못 속이는 법이네. 어쩌겄는가. 고생은 피할 수 없는 것인디. 자네도 우리 숙이도…. 힘든 거 아픈 거 쓰린 거 다 영약이니께 고생을 달게 달게 삼켜내야제. 원한은 말이시, 참말로 중헌 것이네. 원은 보듬고 풀어서 해원해야 하나, 한은 깊이 고이 품어가야 하는 것이제. 한에서 정도 나고 눈물도 나고 힘도 나오는 게 아니겄는가."

할머니가 두 손을 내밀어 내 머리를 쓰다듬고 이목구비를 어루만지며 다정한 음성으로 말씀하셨다.

"상이 좋네. 귀인이네. 하늘은 중헌 이에게 고생을 내려 단련시키시제. 비구름이건 눈보라건 다 햇님이 가는 길 아닌가. 굽히지 말고 걸어가소. 선령들이 지켜줄 것이야…."

할머니를 타고 흘러오는 그 유장한 울림에, 고요한 떨림에, 나도 모르게 콧날이 시큰해짐시롱 서산에 걸린 붉은 태양처럼 뜨거운 것이 목넘이로 삼켜졌다.

"좋은 날이네. 자, 가보세 가보세. 갑오 가봐야 아는 거이네. 가보세 가보세. 녹두꽃 피는 길로 파랑새 노래 따라 가보세 가보세."

할무니가 흥얼흥얼하며 천천히 일어섰다. 나도 끄응, 지게를 지고 일어섰다.

"평아, 니가 궁께로 키가 안 크는 갑다야. 키로 하면 나가 니 누나다이."

'하이고 저 가시내하고는, 쫑알쫑알 명랑히도 지저귀네.' 나는 속말을 하며 뒤따라오는 정숙이를 돌아봤다.

한 손은 눈먼 할머니 지팡이를 잡고 한 손은 내 옷소매를 살며시 잡았다 놓았다 함시롱 은방울꽃마냥 생글생글한 정숙이. 늘 말없이 눈을 내리깔던 애가, 놀림당하면서도 울지도 않던 애가… 니 안에도 이런 얼굴이 있었구나.

하지만 내 맘속에선 아그들에게 빙 둘러싸여 "나는 울어불며는 안 되는디… 글면은 울 할무니가 못 사는디…" 눈물 그렁그렁한 그날의 정숙이가 떠올라서 자꾸만 가슴이 애리는 것이었다.

다음 해 봄, 정숙이는 원령怨靈, 원한을 품고 죽어간 넋이 많다 하는 먼 마을로 할머니 따라 전학을 갔다.

그 애는 그곳에서도 당골네 할머니 손을 잡고 길눈이 소녀로 걸어가고 있을까?

그 애는 한번 목 놓아 울었을까?

# 나의 아름다운 지도

가을걷이를 마치고 다시 여천 공장으로 떠나야 하는 어머니가 큰 보자기를 풀며 나에게 특명을 내리셨다.

"이것은 귀한 백단향이다. 요건 좋은 먹이랑 붓이고. 이건 평소 즐겨 드시는 홍차다. 요 양모 목도리는 목에 둘러드려라. 나이 드실수록 감기 조심하셔야 쓰니께. 큰외삼촌께 내 걱정은 마시고 강녕하시라 전하그라. 나한테는 아부지 같은 오빠니라."

나는 엄니와 헤어지는 서운함도 미룬 채 진귀한 물건들을 쓰다듬으며 눈을 반짝였다.

다음 날 학교에 다녀오니 엄니는 벌써 떠나셨다. 부엌으로 나뭇간으로 마당가 감나무로 대밭으로 힘없이 기웃거리며 엄니의 온기와 음성을 느끼려 하다가 그만 서러워졌다. 엄니가 떠나간 집안은 텅 비어서, 가을 햇살마저 서늘하고 어둑하여서, 나는 한참을 서성이다 방으로 들어갔다.

엄니가 차려놓은 밥상 위에 동백꽃 자수가 놓인 흰 모시보를 걷자 내가 좋아하는 맛난 반찬이 정갈하게 놓여 있었다. 아랫목 담요 아래 묻어놓은 따순 밥을 꺼내 먹으며 상에 적어둔 엄니의 짧은 편지를 보니 또 목이 메어왔다.

밥을 다 먹고 설거지를 마치고 나니 아차, 엄니의 당부가 생각났다. 그러고는 외로움 위로 걱정이 한 꺼풀 더해졌다. 나는 먼 외갓집을 혼자서 가본 적이 없었던 것이다. 제삿날 엄니 손을 잡고 걸었던 길을 더듬어보아도 가물가물했다. 여러 군데 갈림길과 귀신 나온다는 산굽이 무덤과 짐승 소리 울리는 골짜기가 떠올라 더럭 겁이 들었다.

다음 날 나는 외갓집 동네에서 시집온 관덕댁이랑 엄니 심부름을 여러 번 다녀온 동수 아재를 찾아가 물었다.

"옴마, 니 혼자 간다고야? 그랑께 쩌그 면사무소에서 말이다, 벌교로 가는 신작로를 따라 걷다가, 오른쪽 아래 황톳길로 내려간 다음에… 아마 솔찬히 걸으면 될 것이다."

이렇게 저렇게 알려주시는디 도무지 감이 잡히지 않았다.

그래, 용식이 성이다! 용식이 성이 젤로 믿음직하제이.

용식이 형은 일머리 좋고 경우 바르고 정감 있는 청년이었다. 듣기로는, 집안이 어려워 국민학교를 마치자마자 순천으로 강진으로 해남으로 부잣집 머슴살이와 점원 생활을 하며 착실히 돈을 모아 고향으로 돌아왔다고 했다.

내가 용식이 성을 처음 본 건 동네 사랑방에서였다. 농사일을 마친 겨울이면 청년들은 동네 사랑방에 모여 새끼줄을 꼬고 짚방석이며 소쿠리며 대바구니를 엮고, 잡아 온 꿩과 산토끼를 요리해 먹으며 기증떡 내기 화투놀이를 하곤 했다. 나는 동네 형들의 단단하고 활력 있는 몸놀림과 맵시 있는 솜씨와 유쾌한 웃음이 좋아서, 슬그머니 찾아가 싱글벙글하며 한구석에 앉아있곤 했다.

이따금 동네 어른들 눈을 피해 누나들이 호박죽을 쑤어오고 메밀묵을 무쳐오고 꼬막을 한 바구니 삶아오고 하하하 호호호 웃음소리가 섞이면, 생기차고 야들하고 달근한 분위기에 이끌려 또 엄니 몰래 사랑방을 찾아들곤 했다.

거침없는 육두문자와 거시기한 말들이 깔깔깔 오가기도 하고, 세상 돌아가는 이야기에 분노에 찬 심정을 토해내고, 온갖 소문과 새로운 소식과 사건들이 가감 없이 펼쳐지곤 했다.

사랑방에 갈 때마다 나는 점점 용식이 성이 좋아졌다. 화투판이 커지면 둥그스름하게 마무리를 짓고 목청이 사나워질 때면 산들바람처럼 식혀내고 안 좋은 일을 당한 사람이 있으면 표나지 않게 챙기면서 술을 따라주곤 했다.

구릿빛 건장한 몸에 낭만과 멋이 흐르는 용식이 형은 나에게 계절의 전령사이기도 했다. "오늘 첫 참꽃이 피었다야. 화사하지야. 먹어봐라." 이른 봄이면 나뭇짐 위에 얹어온 꽃가지를 건네고, 여름이면 약쑥과 산풀을 모아 평상 곁에 모깃불을 피워주며 옆 마을에서 따온 복숭아를 내밀고, 가을이면 잘 익은 다래나 고염이나 산밤을 담아다 주고, 겨울이면 양지바른 산자락에 핀 첫 동백꽃 가지를 갖다주며 우리 집 대밭에서 대나무를 잘라 연을 만들어주곤 했다.

내가 용식이 성을 젤로 좋아한 건 실은 이 때문이었다. 이것저것 물어보는 나를 귀찮게 여기지 않고, 어린 나를 존대해 준다는 느낌 말이다. 형은 꼬박꼬박 챙겨 읽는 〈새농민〉 잡지에 멋진 글이 있으면 접어두었다가 나에게 읽어주곤 했다.

이번에도 나는 용식이 성을 찾았다.

"엄니는 잘 가셨냐아. 객지살이는 고단한디… 몸 성하셔야 할 텐디…."

나는 걱정 가득한 목소리로 외갓집 가는 길을 물었다.

"먼 길을 평이 혼자서 가야 쓰는디. 으음…."

용식이 성은 한쪽 팔로 턱을 받치고 마루에서 감나무까지를 천천히 왔다 갔다 하더니 나를 보며 물었다.

"평아, 니가 아는 걸로부터 시작해 보자. 외갓집 가는 길에 기억나는 것을 말해봐라."

나는 장터 지나서 면사무소 지나서 동강공소 아래 갈림길 지나서 뱃마을까지를 떠올렸으나 그 다음부터가 가물가물했다.

"으음. 큰길은 아는구나. 거기까지면 절반은 가분 것인디. 문제는 뱃마을 삼거리부터네잉."

내 기억에도 참말로 거그서부터가 무섭고 아득한 길이었다.

"그라고 말이다, 짐은 뭘 갖고 간다냐."

나는 방에서 엄니가 싸놓은 짐 보따리를 가져다 형에게 주었다.

"평아, 요거 들고 저 감나무까지 갔다 와봐라잉."

형은 짐을 들고 걷는 내 모습을 유심히 보다가 나를 따라 걸음시롱 보폭을 비교하며 가늠했다.

"내 걸음으로는 한 시간 안짝인디 짐을 든 평이 걸음으로는… 해지기 전에 당도하겄다만, 저녁 먹고 돌아오는 길이 밤길이겄구만. 오늘은 초생달이라 조금 어두울 텐디."

그러더니 또 생각에 잠겨 왔다 갔다 하는 것이었다.

"평아, 너한테 시방 두 개의 길이 있는디 말이다."

사뭇 진지한 말투로 허리를 숙여 내 눈을 바라봤다.

"사람이 많이 다니는 넓은 신작로 쪽 길이 평탄하긴 해야. 근디 그냥 평지 길만 보고 걸으니께로 재미가 읎써야. 언제나 도착하나, 얼마나 남았나, 왜 이리 멀다냐, 그냥 얼렁 가불고 싶고 지루해서 더 힘들제잉."

나는 침을 꼴깍 삼킴시롱 물었다.

"다른 길, 다른 길은요!"

"또 하나는 말이다. 산길로 돌아가는 좁고 가파른 길이여. 오르락내리락 굽이 접이 가야 허고…. 사람들이 안 다닌께로 길이라 말하기도 거시기혀. 근디 나는 나뭇짐이나 쌀가마니를 지고도 일부러 그 길로 댕기제."

"성, 나도 그 좁은 길로 올라갈 수 있을까라."

"아, 산토끼도 가고 고라니도 가는 길인디 사람이 못 가는 길이 있간디. 평이 니도 갈 수 있고말고. 근디… 안 가본 길이고 혼자 가는 길은 마음먹기가 문제인 거제이."

"성은 머땀시 무거운 짐을 지고 그 가파른 길로 댕긴다요."

"재미진 길인께. 먹을 게 많응께. 노래하는 길이고 생각도 못 한 인연을 만나는 길인께. 펑아, 길은 말이제. 햇님과 바람이 가는 길이고 나무랑 꽃이 피는 길이고 땅의 숨소리랑 새와 풀벌레의 속삭임이 들리는 길이고 그리운 님을 만나는 길이고 추억이 쌓이는 길이제. 그랑께 길을 빨리빨리만 가믄 '십 리도 못 가서 발병 난다아' 이 말이제."

"그래도 더 힘들고 고생길이겄는디라."

"힘들긴 허제이. 근디 그 길로 걸어온 날은 말이다. 신묘하게도 밥맛이 좋고 단잠을 잔다야. 그라믄 하루살이가 속이 꽉 차오르는 것만 같제. 짊어진 짐이 너무 무거워도 고되고 병들지만 너무 가벼우면 뿌리 없이 떠다님시롱 휘둘리는 것만 같단 말이시. 사람은 걸음이 묵직허니 실해야 쓰는 것이여. 그래야 마음도 단단해지고잉.

나가 열네 살인가 처음 머슴살이할 때는 을매나 힘들고 서러운지, 젊어서 고생은 으짜고 하면 웬 귀신 씨나락 까묵는 소리만 같았는디, 십 년쯤 해보니까 알겄드라. 좀 고생돼도 성실하게 잘 배우고 꾸준하면 쌓이는 게 있드랑께. 순전히 내가 나를 써서 내 힘으로 해낸 것인께. 긍께 사람은 마음을 잘 먹어야제."

“성, 나가 그 길로다가 마음을 딱 먹었당께요.”

“그려 그려. 그 길을 갈 땐 말이다. 힘이 있을 때 최대한 높이 올라가야 한다이. 그 높은 데서 지게를 세우고 내려다보믄 세상이 발아래 있제. 그다음부터는 오르락내리락 재미지게 걷다 보면 오는지도 모르게 와버리는 것이제. 그리고 말이다, 이건 평이 너랑 나랑만 비밀인디 말이다….”

목소리를 낮추는 형을 보며 나는 고개를 끄덕였다.

“나가 그 길에서 말이다. 그녀를 만나부렀다! 지난 추석 앞둔 장날에 쌀가마니를 지고 걷다가 산마루에서 땀을 식히고 있는디, 훤칠한 여인이 큰 바구니를 이고 올라오는 것이 아니냐. ‘아이고 무겁겄소, 이 가파른 길을…’ 함시롱 내가 들어다 주었제. 수줍어서 볼이 발개진 그녀랑 물들어 떨어지는 산벚나무 아래 앉아 이런저런 얘기를 하다가 ‘이 길을 어찌 알고 오셨다요’ 했더니 말이다. 지난해 아버지가 다리를 상해서 자기가 장날마다 말린 민어랑 서대를 이고 가 단골 장꾼들한테 넘기고 오는디, 저 아래 신작로에서 보니 산벚꽃이 하도 눈부시게 날려서 한번 올라와 봤단다. 그 담부턴 이 길이 좋아서 저 아래 길로는 못 다니겠더라는 거여.

그렇게 장날이면 나가 여그서 기다렸다가 짐을 들어주고, 무늬 좋은 나무를 깎아 그녀 손에 꼭 맞는 함초 낫을 만들어주고, 또 벌교장에서 사 온 고운 머리핀이랑 목도리랑 시집도 슬며시 주곤 했제이. 어찌나 맘이 곱고 귄이 있는지 말이다. 같이 있으면 세상없이 좋아야. 이 길에서 오롯이 만나 속이야기를 나눔시롱 뜻이 통하고 맘이 통해 부렀어야. 나도 그녀도 '이 사람이다' 믿음과 애정이 물들어간 것 아니겄냐. 내년에는 혼인하자고 말을 해불 작정이다야. 아이고, 나가 벨 소릴 다 했네. 평아 이거 비밀이다잉."

"흐흐흐. 걱정 마시어라. 근디 용식이 성, 그 길을 어쩌케 찾아갈지 나가 가남이 안 되는디라."

"그라제잉. 연필 좀 가꼬 온나."

형은 헛간에 접어둔 비료 포대 중에 깨끔한 것을 골라 잘라 왔다. 태극기와 성조기가 박힌 손과 손이 악수하는 그림의 비료 포대였다. 종이가 귀해서 쓸모가 많은 데다, 겨울에는 엉덩이에 깔고 달리는 신나는 눈썰매가 되기도 했다. 형은 비료 포대 뒷면에다 바야흐로 내가 처음 가는 길의 지도를 그려나갔다.

"느그 산밭에서부터 시작해 보자잉. 거그서 바다를 오른쪽에 두고 노동산 옆구리에서 가슴께까지 비스듬히 올라간단 말이여. 그라믄 집채만 한 바위랑 큰 소나무 열두 그루가 나오제. 자 요로코롬 그려보자이.

동쪽을 향해 올라가믄 노동산 어깨마루여. 쫌 가파른 길이제. 다복솔이랑 진달래 군락지 옆에 옹달샘이 하나 있응께 물도 마시고 얼굴도 씻고 가그래이. 거그서 보면 바다 너머 팔영산까지 아슴히 보일 것이여. 여그다 옹달샘을 그린다이.

인자부터 서너 번 오르락내리락하는 길이여. 그러면 아까 말한 커다란 산벚나무 한 그루가 있는디, 그 아래로 내려다보믄 여자만 긴 바다가 펼쳐지고 돛단배가 오갈 것이여. 외갓집 쪽 너른 신작로 길도 한눈에 다 보이고잉. 글면 산벚나무는 이쯤에 그리자이.

그다음은 내리막길인께 찬찬히 가야 쓴다. 노동산 쪽으로는 소나무 참나무 오리나무가 울창하고 가파른 바다 쪽으로는 동백나무 유자나무 호랑가시나무가 파랗게 반짝일 것이여. 거그서 좁은 황톳길을 쭉 따라가믄 된다이. 그녀가 장날마다 댕기는 길이라 나가 말이다, 나뭇가지들을 잘 쳐놓았응께 좋을 것이여. 그럼 이짝에다가 동백을 그리자잉.

인자부터는 수월한 길이라 아래 뱃마을을 내려다봄시롱 신작로까지 가믄 된다이. 거기 삼거리에서 보믄 왼쪽으로는 붉은 황톳길이고 가운데는 쩌 아래 섬마을로 내려가는 길이고 오른쪽이 뱃마을 가는 길이제. 오른쪽 길로 삼백 걸음쯤 가다 보면 큰 팽나무 아래 정자가 하나 있어야.

그 마을 돌담길을 따라 걸으면 쪽빛 대문이 나오제. 앞쪽은 갯벌 바다인디 시방 붉은 함초가 그득이 눈이 부실 때다잉. 그 집 문을 열면 고운 누나가 계실 것이여. 어흠, 그분이 바로 내 님이란 말이시. 거기서 물 한 그릇 마시고 잠깐 쉬었다 가면 된다이. 자 파란 대문 집을 요쯤에 그리자.

돌아 나와서는 황토 오르막길을 기냥 주욱 가부러. 동네 들어서면 느그 외갓집 모르는 사람이 누가 있겄냐. 다들 업어다 모실 테니께 여까지만 그리면 다 되었다. 휴우, 나는 내 발바닥이 지도인디 종이에 그릴라니 힘드네잉.

문제는 돌아오는 길이여. 갈 때랑 올 때랑은 시야가 다르니께. 같은 길 갔다 오는 게 아니고 새 길을 만난다고 봐야제. 자, 위쪽에다 요로코롬 반대로 그려뒀으니 알아보겠지야. 근디 말이다, 평아. 이건 무서운 이야기인디…."

지도를 다 그리고 난 용식이 성이 말을 흐렸다.

"뭔디요. 무서버도 괜찮응께 말하씨요."

"으음. 초생달 밤길에는 혼불이 일렁이는 수가 있다. 그라믄 놀라지 말고 손 모으고 기도해 드리면 된다이. 그라고 푸덕이는 새나 시라소니 가족이 나오기도 허는디, 침착하고 담대하게 가야 쓴다. 굶주린 늑대 무리 말고는 산짐승은 건드리지 않으면 지나가 분당께.

무서우면 노래를 불러라이. 그래도 무서움이 안 가시면 아랫배로 찬찬히 숨을 쉬고 어둠을 똑바로 보그라. 그라면 눈이 밝아진다. 무서움은 자기가 놀라서 더 무서운 것잉께.

사람이 담대하게 마음을 먹으면 호랭이도 물리치지만 두려움에 먹혀버리면 있는 힘도 못 쓰는 법이제.

근디… 진짜 문제는 요것인디…. 밤이 깊으면 산모퉁이에서 도깨비를 만나는 수가 있단 말이시. 그때 제정신을 잃으면 끝이다이. 인자부터 도깨비랑 싸우는 기술을 알켜주께 잘 들어라잉. 일단 한번 웃어부러! 글고 위로 보덜 말고 아래로 봐야 한다이. 올려다보면 도깨비가 겁나게 커지고 내려다보면 도깨비가 작아져 부니께.

그러다가 도깨비가 턱 하니 길을 막고 씨름을 하자고, 이기면 보내주고 지면 업어간다고 하면 말이다. 기냥 냅다 왼발을 걸어서 메쳐부러라. 오른발이 아닌 왼발이다잉! 도깨비가 자빠지믄 나무에 꽁꽁 묶어두고 뒤도 보지 말고 오면 된다이.

인자 준비는 다 되었다. 자아 대한의 용사 평이가 나가신다아. 하하하."

나를 앞세우고 마당을 나서던 용식이 성이 "아차차, 이걸 잊었네잉" 하더니 망태기를 들고 와 볏짚을 좌악 훑어 깨끗이 깔고는 짐 보자기를 넣었다.

"엄니가 마음을 담은 귀한 것들인디 상하면 안 되제이."

그러고선 광목천을 묶어 지게 했다.

"어떠냐, 헐겁냐. 이쪽이 좀 쪼이제. 한번 뛰어봐라. 잘 되었다야. 호랭이가 와서 굴러도 끄떡없겠다야. 지도는 여그 주머니에 넣고. 잘 댕겨와라잉."

손을 흔드는 용식이 성을 뒤로하고 나는 씩씩한 걸음으로 집을 나섰다.

우리 산밭에서 노동산을 가로질러 가파른 길을 걸어 옹달샘까지 한 번도 쉬지 않고 하악하악 걸어 올랐다. 짐을 벗고 물을 마시고 얼굴을 씻고 서서 보니, 오매오매 가슴이 탁 트이는 풍경이 펼쳐지는 게 아닌가.

처음 온 길이었지만 그리 헛딛지도 않고 헤매지도 않고 싸목싸목 찾아갔다. '참말로 용식이 성은 천재다아, 이런 지도라면 바둑이도 고양이도 찾아가겠네잉' 함시롱 안도감에 느긋느긋 걷다 보니 노래가 절로 나왔다.

나는 용식이 성이 그려준 지도를 따라 길을 걸으며 구간마다 만난 아름답고 인상 깊은 것들을 지도 위에 하나씩 새로 그려 넣었다.

여그는 대숲을 흔드는 바람 소리가 마음을 싸아하게 흔들고, 여그 키 큰 참나무 사잇길은 연노랑 물든 잎이 와수수 흩날리고, 또 여그 남서향 쪽으로는 빛나는 바닷물결 위로 청둥오리 떼가 군무를 돌고, 막 배가 고플 참에 여그에는 달콤한 다래랑 고염이랑 머루송이가 가득하고, 여그 맑은 솔향이 번지는 소나무 사잇길에서는 나무 기둥 사이로 보이는 풍경이 아주 새롭고, 여그 너럭바위에 등을 기대면 따뜻한 햇살 온기가 전해오고, 여그서는 신작로에 까만 점처럼 오가는 사람들을 헤아려 보는 맛이 재미지고, 또 여그 내 어깨까지 닿는 산국화 사이를 지날 때는 요래서 가을 국화가 사군자라 하는구나 흐음, 흐음, 향기에 취하고, 여그 커다란 산벚나무 아래서는 여자만이 이리 컸구나아, 옹기종기 정박한 고깃배와 멀리 흰 돛단배를 바라보고, 걸음마다 꿩들이 푸드득 날아오르는 다복솔 언덕에서는 여그가 꿩들이 알 낳고 새끼 품는 곳이네잉, 미안, 미안, 살금살금 지나가고…. 그것들을 지도에 그려 넣으며 걷다 보니 어느새 외갓집으로 향하는 삼거리에 다다랐다.

돌담길 파란 대문 집에 들어서자 '용식이 성의 그녀다!' 나는 한눈에 알아보았다.

"아가, 으디서 왔냐아."

빙긋이 묻는 누나에게 나는 대뜸

"나 아그 아닌디라!"

토라진 목소리로 대꾸하고 말았다.

아아, 이거시 아닌디, 첫 만남이 왜 이런다냐, 속으로 후회하는데 누나가 내 눈높이에 맞춰 허리를 숙이며 미소 띤 얼굴로 말했다.

"어머나, 나가 올해 첫 번째 말실수를 했네이. 미안 미안.

저어 봇짐 진 소년께서는, 아니 소년 선비께서는 어인 일로 이 누추한 집을 방문하셨는가라."

싱긋, 나는 기분이 좋아졌다. 그리고 용식이 성이랑 이러저러쿵 한 이야기를 신나게 들려주었다.

"어머, 니가 평이구나! 어쩐지이. 용식씨한테 야그 많이 들었다. 그래서 들렀구나. 아유. 고맙다아. 목 마르겄다이."

누나가 두레박 물을 길어 복福 자가 새겨진 흰 그릇에 따라주었다.

"와 물맛이 참 다요잉."

"미숫가루 한 잔 타주까? 배고프면 밥 차려주까?"

내가 고개를 도리도리 젓자 네모나고 두툼한 조청 유과를 가져와 건넸다.

'참말로 다정하고 귄이 있다. 용식이 성이 좋아할 만하다이.' 나는 누나를 보며 웃었다. 누나도 환하게 웃었다.

"나가 시방 외갓집 갔다가 싸게싸게 돌아가야 해서 오늘은 가볼께라."

"쪼깨 기다려 보래이. 큰외삼촌 찾아뵙는 거람서, 요것 좀 챙겨가그라."

누나는 해풍 좋은 마당에 꾸득꾸득 말려놓은 민어며 서대며 양태를 새끼줄에 가지런히 묶어 내 손에 쥐여주었다.

"감사허요. 나 가보께요. 또 올게요잉!"

어느덧 부드럽게 기울어가는 햇살에 황톳길은 더없이 곱고 붉었다. 이런저런 생각에 잠겨 걷는 사이 외갓집에 도착했다.

큰 대문을 들어서자 마루에서 대추알을 고르던 숙모가 눈물바람으로 달려 나왔다.

"평아, 어쩌케 혼자 왔다냐. 기별도 없이 어쩐 일이다냐. 집에 무슨 일 있다냐아. 아이고 을매나 고생이 많냐아."

눈물 어린 목소리로 나를 품에 안고 요래 돌려보고 조래 돌려보더니 또 한참을 꼬옥 안아주셨다.

나는 생선 꾸러미를 숙모에게 드리고 망태기에서 보자기 짐을 꺼내 큰외삼촌이 계신 안방으로 들어갔다. 큰외삼촌은 붓을 들고 뭔가를 쓰고 계셨다.

"평이 왔냐아."

"예, 건강하셨지라."

나는 큰절을 올리고 보자기를 풀어서 엄니가 일러준 대로 또랑또랑 전해드렸다. 한복에 조끼를 갖춰 입고 가부좌한 삼촌이 희고 긴 수염을 쓸며 안경 너머로 지그시 나의 얼굴과 몸짓을 어루만지듯 살피셨다.

이 집안 막내로 곱게 자란 울 엄니가 젊은 나이에 남편을 여의고, 친정에 손 한번 벌리지 않고 다섯 남매를 키우며, 객지에 나가 해보지도 않은 고생을 하는 모습에 늘 가슴 아파

하던 큰외삼촌이었다.

엄니의 귀한 선물을 앞에 두고 한참을 먹먹히 계시는 삼촌의 모습에 어린 나도 마주 앉은 채로 그냥 먹먹했다.

"아픈 데는 없느냐?"

"예."

"많이 힘들지야."

"아니어라."

"학교생활은 할 만하냐."

"예. 사이좋게 지내고요. 배우는 것이 좋아라."

"잘 컸구나."

나를 그윽이 바라보시는 눈길이 부드럽고 촉촉해서 나도 눈물이 터질 것만 같아 입술을 꼬옥 깨물었다.

"밥은 묵었냐. 먼 길에 배고프겄다."

그러자마자 창호문 너머로 귀를 기울이고 있던 식솔들의 부산한 움직임 소리가 들리고 부엌에서 달그락 소리가 울렸다.

"형들도 아직 못 봤지야. 나가서 놀아라."

"예."

나는 천천히 일어나 방문을 나왔다. 기다리던 사촌 형이랑 누나들이 나를 끌어안으며 웃고, 머슴형들은 내 볼을 꼬집으며 반가운 장난을 치고, 어른들은 시끌벅적한 우리를 흐뭇하게 바라봤다.

"저녁 다 되었다. 밥 먹고 놀그라이."

숙모가 부르는 소리에 손을 씻고 안방으로 건너갔다. 크다란 둥근 상이 세 개, 네모난 상이 한 개 차려져 있는데 큰외삼촌이 독상으로 나를 불러 앉히셨다. 내 가슴께쯤 오는 상 높이를 본 누나가 얼른 방석을 세 장이나 깔아주며 "평아 많이 묵고 쑥쑥 커라이" 눈을 찡긋했다.

삼촌은 꼬막을 까고 민어를 발라 내 밥숟갈에 얹어주고는 내가 밥 한 그릇을 금세 비우자 자신의 밥을 반이나 덜어 담아주셨다. 숭늉을 마시고 햇잣을 박은 홍시까지 맛나게 먹고 밥상을 물렸다.

배는 부르고 졸음은 솔솔 오고, 나는 늦기 전에 길을 나서려고 큰외삼촌이 계신 사랑방으로 갔다.

"나랑 같이 자고 가제이."

"… 얼른 돌아가야지라."

"어두워질 텐데 으찌 혼자 간다냐."

"걱정 없어라. 길눈 환한께요. 달려가면 금방인디요."

나는 부러 씩씩한 목소리로 말했다.

"흐음… 자주 오너라."

하시고 주변을 물리더니 서랍을 열어 돈을 꺼내 주셨다.

"안 되어라. 엄니한테 혼나요! 그라믄 나가 다시는 외갓집 못 오는디요….”

큰외삼촌이 긴 한숨을 쉬고는 내 머리를 쓰다듬으셨다. 나는 절을 올리고 방을 나섰다.

“평아, 형이랑 같이 가제이. 어르신이 집까지 잘 데려다주고 오라고 당부하셨당께.”

머슴형이 등불을 들고 따라나섰고, 눈물 그렁한 숙모랑 누나 형들이 대문 밖에 서서 한참이나 손을 흔들었다. 나는 삼거리에서 머슴형을 요래조래 돌려보내고는 숨이 차게 내달렸다.

다행히 도깨비는 만나지 않았다. 지도 한번 펴보지 않고 왔던 길을 되짚어가며 ‘나가 눈 밝은 건 타고난 것 같제이’ 함시롱 무사히 집으로 돌아왔다.

그러고는 용식이 성이 그려준 지도 위에 내가 새로 그려 넣은 지도를 책상 앞에 붙여 놓았다. 내일은 색연필로 오늘 보고 담은 색깔을 칠하고, 용식이 성한테 다녀온 이야기를 해주러 가야겠다. 아이고 다리야, 오매오매 삭신아…. 나는 세상에서 가장 아름다운 지도, 하나뿐인 나의 지도를 바라보며 잠이 들었다.

# 오늘은 니가 이겨라

학교가 난리였다. 인간이 아니었다. 그날 아침 그녀는.

"에 또오, 그랑께 이 선생님으로 말할 꺼 같으면, 서울대, 서울대 알제이. 서울 사범대를 나와서 광주서 근무하시다가 여그 우리 동강국민학교로 특별히 오신 분인께로…."

전교생이 운동장에 줄지어 선 조회 시간에 교장선생님의 달뜬 소개로 연단에 선 그녀는, 시상 천지에 인간이 아닌 여신이었다.

"김지미가 울고 가겠다이."

"아니제, 문희랑 닮았구만잉."

"옴마 옴마 양귀비가 저래쓰까. 황진이가 저래쓰까."

아이들도 선생들도 홀려버린 눈빛이었다.

그란디, 사람은 꼴갑을 한다드만, 얼마 지나지 않아 그 선생님의 수업 시간에 터질 게 터져부렀다.

"우리 동네 바다에서는 거북이가 빠른디 왜 토끼 노는 산에서 시합을 한다요?"

인옥이의 질문에 선생님이 어버버 어물쩍 넘어가 버리자 종만이가 덧붙여 말했다.

"긍께요. 바다에서 경주를 하믄 어쩌케 됐을까라?"

그때부터 아그들이 여그저그서 질문을 쏟아냈다.

"맞고만요. 거북이가 산에서 이겨서 뭐한다요?"

"생각해 보니 참말로 이상한 경쟁인디라."

"거북이가 땅에서 빠르게 열심히 가는 건 죽으러 가는 거 아니어라?"

당황한 선생님이 "뭐얏!" 사나운 소리를 내지르자 옆 반에서 수업 중이던 '군기반장' 권 선생이 늑대처럼 달겨왔다.

"하이고 이 선생, 촌학교 아그들이 좀 거칠지요잉." 비단목도리처럼 감싸고 돌더니 "누구야, 언 놈이야, 나와봤!" 탱자 가지를 던지듯 시퍼랬다.

"선생님, 그거시요. 시방 이럴 일이 아닌디요이."

인옥이가 우물쭈물 일어서며 말을 떼자마자 철썩 따귀를 때렸다.

오뉴월 서리 맞은 양 아이들 얼굴에 점점 살얼음이 밀려드는데, 반장인 종만이가 일어섰다.

"선생님요. 토끼랑 거북이 경주가 거시기한 게 아니냐고 인옥이가….”

“그래서! 선생님이 교과서대로 가르쳐주면 잘 배워야지, 니가 교과서 만드냐잉?”

“그랑께 질문에 잘 가르쳐주시면….”

“이 자슥이 어디서 대들엇!”

철썩철썩 종만이 따귀를 갈기자 얼어있던 아그들의 눈에 불이 타오르기 시작했다.

“저그요 선생님. 나가 한 말씀 드려도 되까요.”

나도 모르게 손을 번쩍 들고는 ‘하이고 나가 오늘 또 왜 이런다냐’ 싶으면서도 자리에서 일어났다.

“사실은요. 인옥이가 질문을 했고라, 선생님이 질문이랑 어긋난 말씀을 하셨고라, 근디 또 선생님께서 갑자기 오셔서…”

“야, 박기평, 어디서 눈 똑바로 뜨고 나섯!”

“아니, 시방 선생님께서요. 사실도 안 알아보시고 인옥이랑 종만이를 때리고 보지 않았습니까요. 질문하는 건 우리 일이고라, 먼저 들어보고 살펴보고 가르쳐 주시는 건 선생님 일인디라.”

“보자 보자 하니까, 그래 너 잘났다, 니가 선생 해라!”

“아뇨. 내 일은 나가 알아서 할랑께요, 선생님은 선생 일 하씨요!”

분한 마음에 두려움도 사라지고 참말로 또랑또랑 말을 해불고 말았다. 그러자 솥뚜껑만 한 주먹이 퍽퍽 날아들고 쪼맨 나는 개구락지처럼 뻗어버리고 말았다.

희미하게 눈을 떠보니 빙그르르 아그들이 나를 내려다보고 있었다. 선생님들도 걱정인지 겁난 건지 미묘한 표정으로 "평아 괜찮냐아. 여그 어딘지 알겠냐아." 해쌌다. 나는 고개를 흔들고 부시시 일어나 "괜찮어라. 교실로 가 볼께라." 태연히 양호실을 걸어 나왔다.

아그들한테 먼저 교실로 가라고 하고는, 탱자 울타리를 지나 유자나무를 돌아서 선생들 시선을 벗어나자마자 학교 유리창에 얼굴을 비춰보았다.

하이고 어깨야 머리야 등짝아, 온 삭신이 아파 죽겠고 왼쪽 눈탱이는 부어 쓰리고. 아따 곰 같은 권 선생은 주먹도 쎄긴 쎄네. 아 그나저나 이 꼴로 집에 어쩌케 들어간다냐. '엄니, 나가요 나무에 올라 놀다 떨어져 부렀소. 자고 나믄 괜찮을 것이요.' 해야 쓰까. '장터에서 쌈 말리다… 축구하다 부닥쳐서…' 아녀 아녀 안 통해. 귀신을 속이제 울 엄닌 못 속이는디. 지랄 같은 권 선생, 아 얼굴은 상하게 말아야제. 아픈 건 참고 감춰도 얼굴은 어쩌케 하라고…. 하, 사람이 맞는 것도 괴롭지만 맞은 나보다 더 아파할 사람들 땜시 괴롭네잉. 그것부터가 걱정이고 문제였다.

나는 운동장가 샘터로 가서 두레박 물을 길어 벌겋게 붓고 멍든 얼굴에 연신 부으면서 욱신욱신 더해가는 통증을 달래고는 교실로 향했다. 뒷문을 열고 들어가 수업 중인 선생님한테 고개를 꾸벅하고는 부어터진 눈을 가리며 자리에 앉았다. 아이고 엉치뼈도 등허리도 으찌나 아픈지 엉덩이를 들썩들썩하다가, 몸보다 마음이 자꾸만 아프고 분해서, 나는 책보자기를 싸매고 살금살금 뒷문으로 빠져나왔다.

운동장을 가로질러 교문 밖을 나서서 면사무소를 지나 크다란 수양버드나무 아래 앉았다. 바람에 날리는 연둣빛 이파리가 내 이마를 어루만지듯 쓸어주었다. 그제서야 참았던 눈물이 터져 나왔다.

"평아, 여그 있었냐. 우리도 같이 가자이."

종만이랑 인옥이, 영선이, 석만이가 나를 부르며 다다다닥 달려오는 것이 보였다. 나는 황급히 눈물을 닦고 흠흠 목을 가다듬고 농을 쳤다.

"어이, 불량 학생들, 수업 시간에 교실에 안 있고 뭐하는 것이당가."

"아, 분하고 서러워서 앉아있을 수가 있어야제이."

"평이 니 걱정이 돼서야. 맘이 껄쩍지근 한디 수업이 귀에 들어온당가."

"그라제. 우리 맘이 이미 니랑 같이 걸어가부렀는디."

"암만 암만. 근디… 우리 이 대낮에 으디로 가냐."

지들끼리 이냥저냥 속삭이더니 석만이가 책보자기를 풀러 두고 어디론가 부리나케 달려가며 소리쳤다.

"쩌그 노동산 위 잔디밭에 가있어라잉."

아그들은 석만이랑 내 책보까지 둘러매고는 버들가지를 꺾어 살랑살랑 흔듬시롱 절룩이는 내 걸음에 맞춰 느작느작 걸어갔다. 곧이어 석만이가 가쁜 숨을 몰아쉬며 도착했다.

"평아, 한 입 마셔라잉. 술찌개미째 떠 온 달큰한 찹쌀 동동주여. 이걸 묵으면 아픈 게 가시고 힘이 난당께."

석만이 아부지가 그 유명한 동강막걸리 술도가니에서 일을 하고 계시는디, 아부지 몰래 주전자에 담아 들고 온 것이다. 찹쌀이랑 햇밀 누룩이 삭아 오르는 원술은 걸죽하니 감칠났다. 우리는 여자만 푸른 바다를 바라보며 "아아 씨원타" 돌아가며 한 모금씩 동동주를 마셨다.

빈속에 들어간 동동주는 금세 온몸을 달큰달큰 휘돌고, 힘이 술술 오르고 오매 하늘이 휘영휘영 돌아가고, 나는 큰 대자로 누워서 '구름아 흰 구름아 분한 내 맘도 같이 델꼬 가라. 물새야 산새야 설운 내 울음도 같이 울어주라.' 종알종알 혼잣소리를 하고 있었다.

그때 "아이고 서럽다, 아이고오 분하다" 인옥이가 소리를 내질렀다. 그러자 아그들이 서로 손을 잡드만 어라, 요것들 봐라. 강강술래 소리를 메기고 받으며 넘실넘실 춤을 추더니 점점 굿거리로 자진모리로 뛰돌기 시작했다.

"가앙강 수울래~ 가앙강 수울래~

아이고 분해라 아이고 설워라

이내에 가슴에 열불이 나누나

가앙강 수울래~ 가앙강 수울래~

매맞고 아프고 터지고 서럽고

우리덜 질문이 무스은 죄냐아

가앙강 수울래~ 가앙강 수울래~

어쩌케 선생이 나한테 이러냐

어쩌케 세상이 요러케 돈다냐

가앙강 수울래~ 가앙강 수울래~"

그렇게 한참을 뛰고 돌며 둥근 춤을 추던 아그들이 풀썩 잔디밭에 드러누웠다.

"아따 땡땡이치고 술 마시고 자알들 논다. 문제 학생들 여그 다 모였네잉. 옥이 메김소리가 솔찬하구만이."

내가 누운 채로 동무들을 봄시롱 배실배실 웃자, 인옥이가 발딱 일어서서 옆구리에 한 손을 짚고는 나를 향해 소리를 쳤다.

"야아 박기평! 시방 웃음이 나오냐. 니가 속이 있냐아."

그러자 영선이가 눈물 그렁한 목소리로 말했다.

"미안해. 미안해야…. 나가 겁이 많아서 한 말도 못 보탰고라."

종만이가 영선이를 토닥이며 덧붙였다.

"그랴, 평이 니도 속없이 웃지만 말고 한소리 해부러라잉."

이번엔 인옥이를 가라앉히던 석만이가 나섰다.

"암만, 맘속에 쌓아놓으면 독이 들고 병이 된다 그랬당께."

나는 끄응, 몸을 일으켜 앉아 아그들을 바라봤다.

"근디 속도 없이 나는 좋다야. 같이 울어줄 동무가 여그 있응께. 나는 그냥 좋아야."

그랬더니 다들 엉엉엉 소리 내 울기 시작했다.

나는 천천히 일어서서 주먹을 쥐고는 저 멀리 여자만 푸른 물결과 굽이치는 산능선과 높푸른 하늘을 향해 소리를 질렀다.

"오늘은 니가 이겨라! 내일은 우리 것이다!"

동무들도 일어서서 따라 외치기 시작했다.

"오늘은 니가 이겨라! 내일은 우리 것이다!"

분하고 서러운 마음에 앞으로의 날들은 우리가 이길 거라고, 그날 우리는 그렇게 소리쳤다. 하지만 동무를 위해 나서 주고 '아닌 건 아닌디요' 말하고 동무랑 같이 울어주던 그날, 우리는 이미 옳았다. 그날, 우리는 이미 이겼다.

그날, 우리는 이미 옳았다
그날, 우리는 이미 이겼다

# 비밀한 그해 여름

여름방학이 왔다. 해는 길고 볕은 뜨겁고 시간은 많았다.

방학식 날 도화지에 밥그릇을 엎어놓고 동그란 시계를 그린 다음 24시간을 심사숙고하며 쪼개서 7시 기상, 아침 공부 2시간, 집안일 심부름 3시간, 점심 식사 설거지 1시간, 동무들 놀이 2시간, 책 읽기 방학 숙제 3시간, 저녁 식사 1시간, 일기 쓰기 기도드리기…로 했던 야심찬 계획은, 작심삼일이었다.

이따금 볏논에 피를 뽑고 논두렁에 무성한 잡초를 낫으로 베어다 거름더미에 붓고 참게나 미꾸라지가 뚫어놓은 물구멍을 막는 일을 설렁설렁 마치고선 열댓 명의 우리 또래는 누가 먼저랄 것도 없이 부리나케 모였다.

시원한 냇가에서 헤엄을 치다가 돌을 쌓아 은어를 잡다가, 노동산에 올라 청군 백군 편을 갈라 이어달리기나 닭싸

움을 하고, 산비탈 참외밭 수박밭에 기어들어가 서리를 해 쪼개 먹고, 배가 고프면 집에 가서 열무김치에 보리밥을 말아서 풋고추랑 오이를 따 찍어 먹고, 또 이리저리 우르르 우르르 몰려다니며 놀았다.

방학 며칠째까지는 흐뭇이 바라보던 어른들은 날이면 날마다 일개 분대로 온 동네를 몰려다니며 왁자왁자 깔깔거리는 우리를 보고 "저눔들 저거 아조아조 농땡이만 치네잉" 하며 이런 일 저런 일을 부러 만들어서 시키곤 했다.

하지만 우리도 꾀가 늘어나 유난스런 어른들이 눈에 띄면 노량대첩 맹키로 날래게 빠져나가다가 독립군 부대처럼 후다다닥, 필사의 추격전으로 잠적해버리곤 했다.

더 이상 어른들 눈을 피할 곳도 없어지고 우리의 마지막 해방구는 들녘 넘어 바닷가 방죽뿐이었다.

"엄니, 염소 풀 뜯기고 올게라잉."

점심을 먹자마자 우리는 소와 염소를 몰고 방죽으로 모여들었다. 방죽 잔디 언덕에 매어 둔 소가 움머움머 배부른 울음을 울고, 썰물 진 갯벌에 햇살이 반짝반짝 빛날 때, 우리는 갯벌 골 사이로 고기잡이를 나섰다.

홀라당 옷을 벗은 채 갈대를 한 줌씩 꺾어 들고 철버덕 철버덕 무릎까지 빠지는 갯벌을 걸어 물이 흐르는 골 사이를 더듬으면, 숭어와 문절이와 병어와 이른 전어들이 퍼덕였다.

뭍에서 멀리 들어갈수록 골 물이 깊어져 굵다란 물고기를 잡을 수 있었다. 우린 최대한 깊은 안쪽까지 들어가 얕은 쪽으로 물고기를 몰아갔다. 팔딱거리는 물고기를 잡아 갈대 끝에 아가미를 꿰어 들고, 한 마리 두 마리 열 마리가 되도록 시간 가는 줄 몰랐다.

"인자 그만 나가자. 쩌그 물 들어온다야."

동무들이 하나둘 묵직한 갈대 꼬치를 메고 방죽 쪽으로 나가기 시작했다. 그때, 내 허벅지보다 큰 은빛 물고기가 눈 앞에서 펄떡 뛰어올랐다. 내 눈동자에 섬광이 일었고 나는 고놈을 쫓아 더 깊이 들어갔다.

"야아 평아, 얼렁 가자. 밀물 금방 차오른당께."

벌써 멀리 나간 동무들이 나를 불렀지만 난 욕심이 들어버렸다.

"응, 금방 나가께."

그러고선 물고기를 덮쳐 엎치락뒤치락 몸부림을 쳤다. 어찌나 크고 힘이 센지 날카로운 지느러미에 베어 벌거숭이 몸에 피가 나는데도, 난 이놈 하나를 잡아 소 등에 얹고 돌아가면 온 동네 구경날 광경이 눈에 선해 놓을 수가 없었다.

그렇게 한참을 씨름하다 드디어 아가미를 잡았다. 그런데, 너무 억세고 무거워서 허벅지까지 빠진 질컹한 갯벌을 걸어 오를 수가 없었다. 나는 눈부신 은비늘에 무지갯빛 도는 크다란 물고기를 악착같이 움켜잡고 어떻게든 빠져나가려고 용을 썼다.

처얼썩 처얼썩 느릿하고 묵중하게 밀려오는 바닷물은 어느새 무서운 속도로 차올라버리고 말았다. 간신히 고개를 들어 방죽을 보니, 발을 구르며 나를 부르는 동무들이 한 뼘 새끼 숭어처럼 작고 멀었다. 나는 더럭 겁이 났지만 이 장한 물고기를 포기할 순 없었다.

곧이어 밀물이 목을 넘더니 어어어 눈까지 차올랐다. 파도가 들이칠 때마다 바닷물을 꼴까닥 꼴까닥 삼키며 버둥거려 봐도 발이 갯벌 바닥에 닿지 않았다. '야 인자 죽었구나, 꼼짝없이 죽겠구나' 공포감에 허우적댈수록 물속으로 더 깊이 빠져들었다. 온몸이 굳은 채 하얗게 질려가던 나는 그제서야 움켜쥔 물고기를 놓았다.

그 순간 퍼뜩, 한 소리가 떠올랐다.

"힘 빼!"

동네에서 제일 헤엄 잘 치는 해성이 아재를 졸라 처음으로 먼 바다까지 나갈 때였다. 아재 목에 깍지를 끼고 등에 올라탄 채로 시퍼런 파도를 가르며 나아가는데, 짠물을 엄청 마셔댄 나는 겁에 질려 아재를 더 힘껏 붙잡았다. 잔잔한 바다 가운데서 아재가 나를 앞으로 돌려 안고 내 등을 손으로 받치며 말했다.

"평아, 몸에 힘을 빼그라. 글고 바다 위에 누워. 두 팔과 다리를 펴고 기냥 누워. 온몸에 힘을 빼고 텅 비우면 절대로 안 가라앉는다잉. 바다를 탁 믿어부러."

그러고선 다시 나를 태워 방죽가로 헤엄쳐 나왔다. 아재는 물에 뜨기 위해서는 가라앉을 줄 아는 것이 먼저라며, 숨을 한 번 크게 마신 뒤 물속으로 들어가 숨을 다 내쉬면서 바닥을 박차고 솟구쳐 올라 물 위에 떠다니는 연습을 시켰더랬다. 그다음부터 헤엄치는 건 그냥 되어부렀다.

나는 아재와의 기억을 떠올리며 온몸에 힘을 빼고 바닷물에 몸을 맡겼다. 천천히 몸이 떠올랐다. 두 팔로 물을 저어 방죽 쪽으로 머리를 향하게 한 뒤 물살 위에 큰대자로 누웠다. 가볍게 뜬 내 몸은 처얼썩 철썩 바닷물을 따라 방죽 쪽으로 밀려 나갔다. 나는 물살의 흐름을 타며 부드럽게 팔을 저었다.

눈앞에 펼쳐진 건 새파란 하늘과 눈부신 태양뿐이었다. 쫘아아 쏴아아 바닷물의 노래 사이로, 동무들이 애타게 부르는 소리랑 움머어 소 울음소리랑 우리 집 강아지 쫑이가 짖는 소리가 들려왔다. 인자 살았구나 싶을 때 나는 팔을 저을 힘도 발차기할 힘도 없었다. 그제서야 나는 바보, 이 바보, 멍충이, 얼간이, 욕심쟁이… 라며 스스로에게 중얼거렸다.

첨벙첨벙 동무들이 물가로 뛰어들고, 쫑이가 내 뺨을 핥고, 나를 끌어당겨 부축하는 손길에 안도하며 나는 정신을 잃어버렸다.

얼마가 지난 걸까. 눈을 뜨니 동무들의 까만 눈동자가 나를 들여다보고 있었다.

"평아, 안 죽었제, 산 거제?"

나는 물을 토해 내고서 다시 드러누웠다. 엉엉엉 동무들이 가슴팍이며 다리에 엎어져 울기 시작했다.

"야야… 숨 좀 쉬자야…. 늬들 땜시 또 죽겄다야. 나가 말이다. 심청이 기별을 물고 온 거북이 따라서 용궁까지 갈라다가 말이다. 니들을 두고 갈 수 없어 돌아오다가 황소만 한 물고기랑 한판 안 붙어부렀냐. 힘 참 쎄드라잉."

엊그제 오일장 천막 극단에서 본 심청가 한 소절을 끌어다 눙치고 일어섰지만, 하이고 차마 부끄러워서, 큰 물고기 욕심 때문이었다고는 말할 수가 없었다.

그렇게 아그들과 헤어지고 꼬리치는 쫑이를 델꼬 비틀비틀 집 앞까지 걸어갔다. 엄니가 걱정할까 봐 태연스레 방으로 들어갔지만 몸에 오한이 나고 불덩이가 올라 잠이 들고 말았다.

깨나 보니 엄니가 손으로 내 이마를 짚어보고 있었다. 나는 엄니한테 아무 말도 안 했고 엄니도 묻지 않았다. 일어나

앉아 엄니가 끓여준 녹두죽을 후우후우 불어 떠먹고는 다시 잠에 빠져들었다.

내가 누워있던 며칠 사이, 동무들은 동네 사람들이며 학교 아그들이며 만나는 사람마다 이야기를 풀어놨다.

"아 긍께 말이요. 평이 혼자 홀린 듯이 물 차오르는 먼 바다 쪽으로 가드란 말이요. 그러드만 큰대자로 누워서 돌아나오드랑께요. 뭔 일이었는지 우린 몰라라잉."

그러더니 말을 할수록 보태고 부풀려 소설 한 편을 써 나가기 시작했다.

"아따 황소만 한 거북이가 평이를 태우고 가드만요. 인당수 심청이가 기별을 함시롱… 바다 깊이 용궁으로 델꼬 갔다가라… 우리가 부르는 소리를 듣고서는… 크다란 무지갯빛 물고기가 등에 태워다 델다 주었당께요. 긍께 살았지라. 바다 가운데서 뭔 심으로 혼자 나오간디요. 하이튼 비밀한 머시기가 안 있겠소잉."

그랬다. 그것은 비밀한 일이었다. 무거운 욕심에 가라앉아 죽을 뻔한 내가 너무 바보 같고 챙피해서, 내 입으로 말할 수 없는 비밀한 일이었다.

그 여름날 이후 나는 솔찬히 변한 것만 같았다. 내가 무언가에 집착할 때, 악착같이 이기려 할 때, 빛나고 좋은 건 내가 한다고 욕심이 들 때, 그럴 때면 어김없이 그 여름의 비밀한 일이, 소스라치게 바닷물 속으로 나를 끌고 들어가는 것이었다. 그 순간 퍼뜩, "힘 빼! 온몸에 힘을 빼! 얼른 놓아버려!" 하는 소리와 함께 제정신을 차리곤 하는 것이었다.

비밀한 그해 여름, 시퍼런 바다의 가르침이었다.

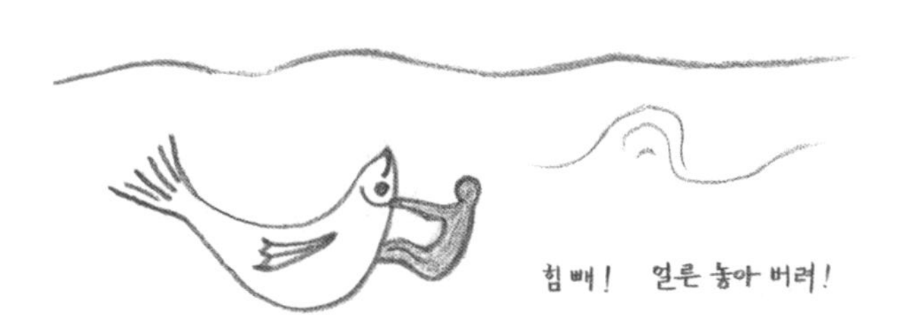

# 어떤 형제

아부지가 돌아가신 그날, 열다섯 살의 장남이던 형은 우리 집안의 가장이 되고 말았다. 그리고 그날, 나는 단 하나뿐인 형을 잃어버려야 했다.

나에게 형은 늘 자랑스러웠다. 웅변으로 이름난 학생이었고, 마을 연극이나 노래 대회를 멋지게 이끌었고, 총명하고 바르기로 칭찬이 자자했다. 형은 또래 친구들과 어른들의 신망과 총애를 한 몸에 받는 존재였다.

어느 장날 오후였다. 긴 머리를 곱게 땋은 누나들이 손짓하며 나를 불러 세웠다.

"기평아 이리 온나."

"나가 바쁜디라."

"아이 잠깐만 와 봐라."

주춤주춤 다가갔더니 반쯤 남은 아이스케키를 내밀었다.

"누나 먹어야지라."

"응, 난 세 입이나 먹었응께."

그러자 다른 누나들도 서로 아이스케키를 내밀었다. 나는 일 년에 하나 먹어볼까 말까 한 귀한 아이스케키를 달게 빨아 먹었다.

"근디 기평아, 형은 아직 안 왔냐아."

"언제 오는지 누나한테 살짝이 갈쳐주그라."

옴마, 우리 형 땜시 요랬던 것이구만….

형은 20리 떨어진 벌교중학교에 입학하면서 자취를 시작했고 주말이나 농번기 때만 볼 수 있었다.

웅변대회를 앞두고 집에 온 형이 나를 데리고 뒷산에 올라 천하를 호령하듯 사자후를 토하며 연습을 할 때면 어린 내 가슴도 어찌나 뜨겁게 박동하던지, 나도 모르게 벌떡 일어나 박수를 치곤 했다.

"이 대목에서 말이다. 음성이 애절하게 떨려야 하는디, 또 너무 떨리면 거시기해져 불고. 평아 어떤지 들어봐라잉."

다음 날이면 형은 번쩍이는 트로피와 함께 부상으로 받은 한글사전이나 옥편이나 영어사전을 내게 안겨 주곤 했다. 나는 묵직한 사전을 펼쳐보고 코를 대고 잉크 냄새를 맡아보며 종일 품에 안고 다녔다. 갓 낳은 따끈한 달걀이 웅변하는 형 몫이 되어도 조금도 서운하지 않았다.

중학교를 마친 형은 서울에 있는 고등학교로 진학했다. 나는 형이 방학해 귀향할 날만을 기다렸다.

드디어 겨울방학이 오고, 나는 형이랑 뒷산으로 땔나무를 하러 갔다. 노랗게 떨어진 솔잎을 갈퀴로 긁어모아 형의 큰 지게와 내 작은 지게에 얹어 새끼줄로 묶고는 막 일어서려던 차였다.

"겨울 햇살이 봄마냥 따사롭다야. 우리 좀 놀다 가자."

형이 내 지게를 받아 나무에 기대 놓았다.

"평아, 서울서 본께 말이다. 「맨발의 청춘」이 인기 가요인디 요로코롬 노래하드라. 사랑만은~ 단 하나의~ 목숨을 걸었다아~"

주먹을 쥔 두 손을 가슴에서 배까지 훑어 내리는 모습에 나는 깔깔깔 잔디 위를 뒹굴었다.

아직 전기도 없고 라디오도 귀하던 시절, 형은 내가 처음 듣는 인기 스타들의 노래나 영화 대사를 들려주었고, 외국 팝송이나 암살당한 케네디 대통령 이야기, 한강 백사장과 장충단 공원을 가득 메운 유세 인파나 학생들의 민주 시위 소식을 전해주었다. 그리고 서울에서 올 때마다 형의 얼굴 사진과 글이 실린 〈학원〉 잡지며 함석헌 선생의 「생각하는 백성이라야 산다」가 실린 〈사상계〉, 문학 잡지와 두툼한 책을 가져오곤 했다. 나는 호롱불 아래서 그것들을 읽고 또 읽었다. 형은 미지의 세계로 열린 눈부신 창이었고 저 산 저 언덕 너머의 한줄기 빛이었다.

그때부터였을까. 나를 울리는 시와 문장을 만나면 외우지 않아도 그냥 오롯이 새겨져버렸다. 노동산이나 바닷가나 사람이 없는 길을 걸을 때면 나는 내 안에 새겨진 시문을 큰 소리로 낭송하곤 했다. 그 문장들이 나의 처지, 나의 고독, 서럽고 분하고 그리운 마음에 마주쳐 불꽃이 이는 순간, 나의 목소리는 심정의 흐름을 타고 수리매처럼 솟구치다가 눈송이처럼 날리다가 파도치는 바다가 되다가 절정에서 툭, 동백꽃처럼 떨어져 난 아득히 침묵에 잠기곤 했다.

그리고 국민학교 3학년이 된 나는 형을 따라 웅변을 시작했다. 혼자서 원고를 쓰고 무대에 서고 상을 타고, 얼마 지나지 않아 고흥군청 인근의 큰 극장에서 연설을 하고 대상을 거머쥐고, 급기야 광주까지 진출해 상을 쓸어왔다. 학교를 빛낸 자랑스런 학생으로 전교생 앞에서 박수를 받으며 이름을 날렸다.

그러자 학교에서는 아예 전담 선생 서넛을 붙여 원고를 써주고 운율을 잡고 표정과 제스처 연기를 시키며 나를 지도했다. 하지만 선생님들이 써준 원고를 외워 웅변을 하면, 그 말들이 나를 울리지 못했고 내 심정과 겉돌아 불꽃이 일지 않는 것이었다. 그때부터 내 마음은 금이 가고 이리저리 갈라지기 시작했다.

얼마 뒤 큰 대회를 앞둔 밤에, 이번에도 꼭 대상을 타서 최고의 스타가 되고 자랑이 되겠다고, 이거면 만장하신 청중들을 휘어잡을 수 있겠다고, 웅변 원고에 마침표를 찍던 그 밤에, 나는 내 안에 덮어두었던 어떤 소리를 듣고 말았다. 그러고는 원고에 엎드려 울고 말았다. 내가 하고 싶고 해야만 하는 말이 아니라 상을 탈 만한 말을 꾸며 쓰고 있었던 것이다. 그냥 서럽고 그립고 분하고 불타는 마음으로 낭송하고 포효하던 내가 아니었던 것이다.

그래도 또 상을 탔다. 기쁨은 오래가지 않았다. 외려 부끄러움이 길게 이어졌다. 나는 하루하루 어두워졌다.

다시 큰 대회를 앞두고 웅변 선생님들은 우리 학교와 고장의 명예가 걸렸으니 이번엔 꼭 써준 원고대로 연설하라고 내게 강요하는 것이었다.

"이건 내 말이 아닌디요."

그러자 여기서 흔들리면 끝장이라고, 다른 아이들이 그 자리를 차지할 거라고, 이 상을 타야 광주나 서울 명문고에 장학생으로 갈 수 있다고, 그래야 창창한 앞날이 펼쳐진다고 말하는 것이었다. 그 말을 들으며 고생하는 엄니가 눈에 선했다. 그런데, 선생들의 끈덕진 설득이 계속되고 내 마음이 유혹에 휩싸일수록 어린 날의 할무니 말씀이 또렷하게 울려왔다.

"사람이 영물이다. 니가 어떤 마음으로 하는지 사람들은 다 알게 된다. 무슨 일을 하더라도 속물이 되지 말그라."

그리고 상 욕심이 들고 나서부터 웅변의 즐거움을 잃고 자꾸만 힘이 빠지고 잠도 잘 자지 못했던 최근의 어둡고 괴로운 시간들이 떠올랐다.

"그라믄 내가 아닌디라. 저요, 인자 이런 웅변 안 할라요!"

나는 그 길로 돌아서 나와버렸고 마이크를 놓아버렸다.

오히려 내 마음은 평안해졌다. 나는 다시 깊은 단잠을 잤다. 내 안의 명랑함과 환한 빛이 되살아나는 것을 느꼈다.

나는 혼자 노동산 정상에 올라 크게 소리쳤다.

"내가 나를 이겨부렀다! 내가 세상을 이겨부렀다! 박기평, 잘했다아. 할무니. 나 잘했지라. 내 맘이 아니고 내 말이 아니면 나는 죽어도 안 할란다!"

속이 다 시원하고 웃음이 터져 나왔다.

그렇게 한참이 지나고 나는 형에게 웅변을 그만두었다고 말했다. 그때 형이 그랬다.

"사람이 하나의 일을 두 마음으로 할 수 없는 것이제. 갈라진 마음으로는 어떤 일도 이루지 못 하는 법이제. 기평아 잘했다. 상 타 온 것보다 더 자랑스럽다. 손에 잡을 것이 마이크 뿐이겄냐. 꼭 잡아줄 것이 찾아오고 있을 거다."

그러고는 가방에서 시선집 한 권을 꺼내 내 손에 쥐여주었다.

형이 준 그 시집이 주머니에 들어가지 않아 칼로 테두리를 잘라 작게 만들고 달력을 뜯어 새 표지를 단단히 싸 붙였다. 학교 끝난 길을 홀로 걸을 때나 산에서 나무를 할 때나 들길과 방죽을 걸을 때나 나는 그 시집을 들고서 걷는 독서를 하곤 했다. 그중 한 시인의 시가 유난히 나를 울렸다. 강소천이었다.

「물 / 한 모금 / 입에 물고 // 하늘 / 한 번 / 쳐다보고 // 또 / 한 모금 / 입에 물고 // 구름 / 한 번 / 쳐다보고」

와아, 닭을 이렇게 바라보다니. 닭도 하늘을 보는디 나는, 하늘 사람인 나는….

「오빠가 돌리는 / 팽이를 바라보다, / 문득 생각난 건 / 우리가 사는 땅덩이. // -지구는 누가 누가 돌리는 / 팽이일까?」

나는 지금 학교 가는 길을 걷고 있지만 팽이처럼 돌고 있는 지구 위를 걷고 있구나!

「말없이 / 소리 없이 / 눈 나리는 밤. // 나는 나하고 / 이야기하고 싶다.」

어, 이건 내 마음인디. 내 이야기인디….

「삼월 하늘 가만히 우러러보며 / 유관순 누나를 생각합니다. / 옥 속에 갇혀서도 만세 부르다 / 푸른 하늘 그리며 숨이 졌대요.」

그래, 유관순 누나의 용기는 하늘이었구나. 무서운 총칼 사이로 푸른 하늘을 그리며 살고 죽고 노래하는 용기구나.

「나 혼자 걷는 눈길. / 가만히 뒤돌아보면, / 줄곧 내 뒤를 따르는 / 외줄기 발자국 발자국. // 나 혼자 걷는 눈길 / 어느새 내 곁에 다가와 서는, / 멀리 이사 간 동무의 / 그리운 얼굴 얼굴.」

멀리 있는 누나가 떠오르고 전학 간 내 짝꿍이 그리워서, 눈물이 핑그르르 돈다야.

「내 열 살이 마지막 가는 / 섣달 그믐밤. / 올해 일기장 마지막 페이지에 / 남은 이야기를 / 마저 적는다. // -아아, 실수투성이 / 부끄러운 내 열 살아, / 부디 안녕, 안녕… // 인제 날이 새면 새해, / 나는 열하고 새로 한 살. / 내 책상 위엔 벌써부터 / 새 일기장이 벌써부터 / 새 일기장이 놓여 있다.」

나가 시방 열 살인디. 나도 부끄러운 열 살이었는디…. 나도 일기 쓰면서 늘 울었는디….

강소천 선생의 시를 읽고 나서, 호박꽃 초롱을 보고 별을 세고 반딧불이를 보고 눈 내리는 소리를 듣고 빈 독을 들여다보고 크레용을 쥐고 날리는 연을 보고… 같은 사물과 세상을 봐도 이전과는 다르게 보였다.

우주 한 모퉁이 지구 위에 작은 점만 한 전라도 동강 땅에, 작고 작은 내가 사는 풍경과 생활과 느낌을 이렇게 내 마음속의 시로 써내다니. 그 순간 내가 이렇게 크고 새로워지다니. 진실함이 어린 강소천 선생의 시에 감동하고 울어버렸다. 그리고 그 곁에 나의 시를 깨알같이 써 나갔다.

새 학기가 시작되고 나는 학교 도서실로 가서 강소천 시집을 찾아 읽으며 다 외우다시피 했다. 그러다 오랫동안 망설이던 일을 저지르고 말았다. 시집에 흐리게 인쇄되어 있던 강소천 선생의 사진을 몰래 찢어 품어온 것이다. 방망이질 치는 가슴으로 도서실을 나온 나는 운동장에서부터 집까지 내달려와 앉은뱅이 책상 앞에 그 사진을 붙였다.

그런데 생각지도 못하게, 그날부터 외로운 싸움을 시작해야 했다. 내 책상 앞의 사진을 본 사람들은 누구나 혀를 차며 말했다.

"저 앙상한 몰골을 뭐 한다고 붙여뒀다냐."

"하이고 병들어 죽기까지 해야?"

"훌륭한 인물을 바라봐야 훌륭한 인물이 되는디. 쯧쯧."

나의 시인을 몰라보고 상처 주는 말들에 나는 슬퍼졌다.

얼마 뒤 방학을 맞아 형이 서울에서 학우들을 데리고 집에 내려왔다. 사근사근 또랑또랑 피아노 소리 같은 서울 말씨의 누나랑 형들이었다. 그 하얀 얼굴과 세련된 모습에 나는 반해버렸다. 아, 으찌 저리 훤칠하고 귀티가 난다냐아. 그런데 거기까지였다.

"어머, 저 병자 같은 얼굴이 누구니?"

"아유… 시인이라도 보기 좀 그렇다."

"누나가 서울 돌아가면 있지, 천연색으로 인쇄된 위인들 사진 보내줄게."

서울 누나 형들의 말은 나의 순정한 마음을 여지없이 소똥 바닥에 주저앉혔다. 형은 아무 말이 없었다. 나는 두려웠다. 형이 무슨 말을 할지. 차라리 그냥 침묵하기를 바랐다.

"으음, 저 분, 강소천 시인은 말이제. 시 정신이 살아있는 분이제. 이 땅의 아이들을 더없이 사랑했던 분이제. 그래서

순결한 작품 속에 자기 목숨을 짜 넣고 만 거지야. 평아, 훌륭한 분이다. 저 사진 속의 눈동자를 봐라. 어둠 속의 별빛 아니냐."

나는 그제야 안도의 숨을 내쉬며 고개를 들었다. 우리 형이다! 형 하나만 나를 알아주고 믿어주면 된다.

만약 형마저 내게 저 사진을 떼라고 했다면 어찌되었을까. 형의 격려가 없었다면, 나 홀로 어린 가슴을 앓으며 내 탄생의 별인 시인의 운명을 예감하고 지켜갈 수 있었을까.

그때부터 나는 아버지가 손수 만들어 물려주신 앉은뱅이 책상에 등불을 켜고 앉아, 가슴에 생겨오는 시라는 걸 쓰기 시작했다.

"평아 얼른 자그라. 그러다 낼 늦잠 잘라고."

"아이고오 평이 땜시 동강 기름 장수는 부자 되겄다야."

누나가 놀려대도 꿈짝하지 않았다.

"아따 그리 쉽게 나오면 참글이 아니제. 나가 시방 별이 뜰락 말락 한당께로."

"하이고 동강에 인물 나겄네, 핼쓱한 시인 나겄네."

"참내, 강소천 시인은 훌륭한 분이라고 형도 그랬는디. 예수님도 깡마르고 일찍 가셨구만, 공소 나가서 머라 기도할라고 저런당가."

"예수님까지 모셔 오믄 반칙이제. 호호호. 내일은 이 누나가 애끼는 잉크랑 펜이랑 빌려주께. 한번 자알 써봐야."

"암튼 나가 막 시를 낳을 참인께 먼저 자드라고잉."

폼을 잡고 시를 쓰다가, 홀로 웃고 울다가 책상에 엎드려 잠들던 그때. 그렇게 시가 내게로 왔고 그렇게 내가 시에게로 갔다.

내 어린 날의 결정적인 순간마다 지리산처럼 나를 품어주고 지켜주던 형이 있었기에. 내 등 뒤에는 단 하나뿐인 우리 형이 있었다.

# 달그림자 연이 누나

"쯧쯧. 눈썹은 초생달 같고 얼굴은 달처럼 환한디, 일 잘 하고 맘씨 곱고 볼수록 귄이 있는디, 아그가 갈수록 벙어리 다냐. 짠해서 어쩐다냐."

엄니는 심부름 왔다 가는 연이 누나를 두고 성호를 그으셨다.

내가 연이 누나를 보게 된 건 얼마 전이었다. 마을에 초상이 나서 멀리서 온 문상객까지 수백 분의 손님을 치르는데, 너무 박하거나 넘쳐도 말이 나고, 어떤 음식이 모자라거나 남아도 흉잡히기 십상인 어려운 일. 예의 엄니가 삼일장례 동안 주방 총괄을 맡아 지휘하셨다.

가마솥과 도구들을 동선 따라 배치하고, 돼지를 잡아 편육을 내고 국밥을 끓이고, 민어전과 숭어전을 떠 부치고, 참꼬막을 삶고 서대회를 무쳐 내고, 토하젓과 석화젓, 김치와

섞박지, 나물류를 간 맞게 차려내고, 소반상과 그릇들과 술잔을 준비하고, 장작을 패고 물을 길어와 설거지를 하고, 자리를 내고 늦지 않게 대접하고 살피는 일까지, 여간 섬세하고 복잡한 일이 아니었다. 엄니는 그때 살가이 봐오던 연이 누나를 불러다 옆에 끼고 일을 시켰던 모양이다.

"저 나이에 아그가 속이 깊어. 조신조신 날래고 야무지고 총명하다니까. 연이가 있어서 이번처럼 원만하고 수월케 대사를 치른 적이 없다야."

그때까지 연이 누나는 내 눈 밖에 있었다. 아랫동네에 살아서 말을 섞은 적도 없었고, 어쩌다 샘터나 마을 잔치에서 볼 때는 풍경처럼 말없이 뒤에 있다가 사라지곤 했다.

"근디… 연이 누나는 어쩌케 벙어리가 돼 부렀다요."

"쩌 아랫동네 외삼촌네로 온 지 3년쯤 되었나. 첨엔 벙어리가 아니었제. 혀를 더듬는 짧은소리로 말은 했제. 낯선 데 와서 놀림받고 하다 보니 점점 말문을 닫아버린 거제. 쯧쯧. 순천 근방에 칠남매 중 끝에서 둘째로 태어났다 하든디. 아부지가 여순 사건에 연루돼 앓다가 돌아가시고 연이는 날 때부터 그랬는지 홍역을 치르다 고열 때문이었는지…. 그래도 학교는 마쳤다만 없는 집에 입 하나 덜려고 여그 외삼촌네로 보내진 거이제. 연이가 입은 닫았어도 저리 훤칠허니 피는 못 속이는 거제. 연이 아부지가 참말로 인물이었단다.

시대가 험해서… 비운이었제."

엄니의 긴 한숨에 등잔불이 일렁였다.

얼마 뒤 초저녁이었다. 벌교장에 간 엄니 일행을 마중할 겸 어슬렁어슬렁 걸어 나갔다. 동구 밖 언덕 위 동백나무 아래 누군가 앉아 있었다. 검정 치마 흰 저고리에 긴 머리를 딴 연이 누나였다. 인기척에 놀란 듯 나를 돌아보다 가만히 미소를 지었다. 은은한 달빛에도 연이 누나는 차암 곱닷했다.

누나가 부드러운 손길로 너럭바위를 쓸더니 토닥토닥 옆자리로 불렀다. 난 연이 누나 곁에 옹그려 앉았다. 귀뚜라미 소리 쓰르라미 소리 멀리 갯벌 갈대밭에 따오기 소리. 서늘한 바람에 날려오는 산국화 향기. 가을이 깊어 오는갑다.

둥근 달을 바라보던 누나를 따라서 나도 말없이 달을 바라보고 있었다. 그때, 연이 누나가 긴 한숨과 함께 "아, 다도 바다!" 하는 것이었다. 낭랑한 그 음성에 나는 흠칫했다. 처음 들어보는 연이 누나 말소리. 동네 형들과 누나들이 놀려댔다는 그 혀 짧은 소리.

놀라움과 함께 나는 "아, 달도 밝다" 하고는 그 순간, 내 안의 악동이 일어나며 "아, 다도 바다!" 놀리듯 따라 해버리고 말았다.

연이 누나가 천천히 고개를 돌려 환한 미소로 나를 바라보았다.

"그라제, 차아… 다도 바제이. 자아르 새겨따, 우리 펴이."

함시롱 한 팔로 나를 꼬옥 안아주는 것이었다.

"이짜나, 나느으, 다리 바그 나리 조아. 니도 그라제이."

그때부터였다. 그 더듬는 소리로, 연이 누나는 자신이 좋아하는 게 뭔지, 자신이 읽은 시와 감동한 이야기를, 서럽고 아팠고 외로왔던 때들을, 자신의 비밀한 꿈과 희망을 개여울처럼 폭포수처럼, 산들바람처럼 눈보라처럼, 파랑새처럼 휘파람새처럼, 시나위처럼 비나리처럼 고해내는 것이었다.

웃다가 한숨짓다가 고개 들어 달을 바라보다가 한삼 자락이 바람에 날리듯 손끝까지 우아한 떨림을 보내다가, 그냥 신이 들린 듯 여러 음정과 표정과 몸짓으로 이야기하는 연이 누나를 나는 넋을 잃고 바라보고 있었다.

그러다 문득 어머니 일행인 듯한 기척이 들려와 벌떡 일어나 소리쳤다.

"연이 누나아, 나 먼저 간다아!"

"으으. 그래. 머저 가라이, 아, 조으다. 아, 다도 바다!"

누나의 음성 뒤로 나는 밤길을 달음질 치기 시작했다. 어둔 돌부리에 걸려 넘어질 때까지 내달렸다. 달이 나를 따라왔다. 달그림자가 나를 쫓아왔다.

부끄러웠다. 미안했다. 내가 미웠다. 벙어리라던 연이 누나의 말소리에 놀라다가 나도 못되게 놀려먹듯 "아, 다도 바다!" 그 한마디 했을 뿐인데, 그랬는데, 누나는 이 지상에 단 한 명의 동무를 만난 듯, 영영 닫아버린 듯한 말문을 열고 속 깊은 심정의 이야기를 들려준 것이다.

나는 내내 가시지 않는 잘못한 마음과 죄지은 심정에 미사 때 고해성사를 했다.

"신부님, 나가요, 요로고 조로고… 했어라. 부끄럼이 가시질 않고 참말로 맘이 그라요. 나가 잘못해 부렀는디, 어쩌까요."

호세 신부님이 다른 때와는 다르게 묵묵하셨다.

"가스파르, 성모경 열두 번 기도 바쳐요."

기도를 드리고 미사를 마치고 복사 제의를 벗어 정리하면서 신부님께 물었다.

"신부님, 성모경요, 어째서 성모경을 바치라 하셨어라?"

"응. 그랑께 말이제, 성모님… 마리아님은… 한 번도 말이 없어야. 억울하고 가슴 아프고 괴롭기로 치면은 젤 심허게 당한 분이여. 근디도 말이 없으신께, 기가 맥히는 사랑이신께, 성모님이라고 하는겨. 마리아 엄니한테 기도하면 다 들어주신당께. 참말이여. 성모님처럼 말 없는 사랑으로 들어주는 것이 우리의 사명인 것인디…. 가스파르가 웅변도 잘하고 글도 잘 쓰고 용기 있는 남자지만 나가 보기에 젤로 멋진 건 사람들 말을 잘 들어주는 것이여. 그랑께 가스파르, 작아

뵈고 못나 뵈고 말 못 하는 사람들 말을 잘 들어주그라잉. 아차, 이 못난 호세가 오늘도 무쵸 말이 많았네. 허허허."

그날 이후 달이 밝은 밤이면 나는 슬그머니 동구 밖 동백나무 아래로 나갔고 연이 누나랑 앉아서 달을 바라보곤 했다. 나는 누나의 마음속 무대에 초대된 단 한 명의 관객이 되어 누나의 이야기를 가만가만 들었다.

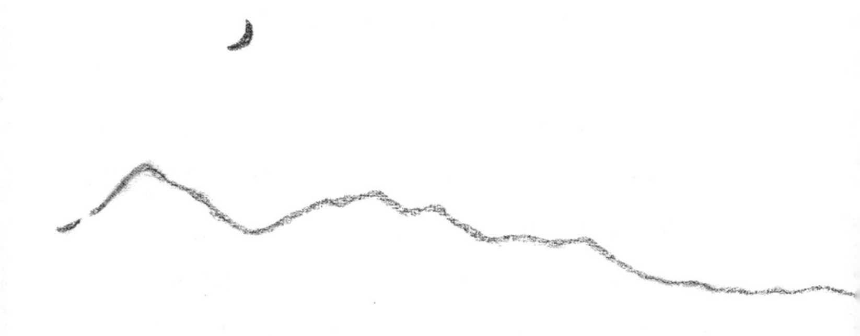

연이 누나는 음색이 차암 좋구나. 살가웁고 앵겨들고 소리에 빛이 있구나. 국민학교를 뗐을 뿐인데도 놀라운 표현과 진실한 말이 살아있구나. 표정과 자태에는 귄이 있구나. 알아갈수록 별빛처럼 고귀한 게 숨어있구나. 아, 그런데도 단 하나의 결여로 놀림당하고 벙어리로 치부되고 해 아래 있어도 보이지 않는 존재가 되었구나. 나는 괜스레 맘이 짠

하고 섧었다.

"연이 누나, 사람들한테 원망이 많제이."

"내가 마르으 아나니까, 드지도 모하느지 아라. 그래서어 내 아페서 자기 쏘게 마르으 다 하느디… 다아 짜나드라. 펴아, 나가 사르며서 제이 괴로꼬 스프으 게 머어지 아냐아. 내 마으 소게 마아르 드러주는 사라미 세사아에 하나도 어어다는 거야. 펴이 너라아 마르 하고 나서부터 나느으 내가 사라이꾸나, 사아느 게 이러 거구나 차마로 조아서라."

누나는 서리서리 쌓인 이야기들을 모시 뽑아 올리듯 펼쳐 놓다가 나를 보며 해맑게 웃는 것이었다.

"연이 누나, 나는요. 잘 들어주는 사람이 되고 잘 받아써 주는 사람이 될라요. 입이 있어도 말 못 하고 맘이 있어도 쓸 수가 없는 그런 사람들의 입이 되고 글이 될라요."

나는 그만, 이 약속을 해버리고 말았다. 누나는 가만히 나를 바라보더니 새끼손가락을 내밀어 꼬옥 걸고는 또 달보다 환하게 웃었다.

그렇게 연이 누나랑 달빛 아래서 만난 밤들이 흐르고 계절이 바뀌었다. 먼 데서 봄바람이 불어올 즈음 연이 누나가 서울로 식모살이를 떠난다고 했다.

누나와 만나기로 한 마지막 밤은 달도 없는 밤이었다. 나는 일찍 동백나무 아래로 나갔다. 처음 만난 달밤에 내가 잘

못을 지었다고, 누나는 참말로 빛나고 귀하다고, 건강하게 잘 살으라고, 그 꿈 꼬옥 이루라고, 나도 약속을 지킬 거라고, 뭐 그런 말을 쓴 편지 한 장을 조약돌 아래 놓아두고는 누나가 오기 전에 돌아서 왔다. 아, 달이라도 밝았으면 좋았을 텐데….

그렇게 연이 누나는 서울로 떠나갔다. 달이 밝은 밤이면 나는 동백나무 아래 혼자서 우두커니 앉아있다가 타박타박 돌아오곤 했다. 연이 누나가 없는 달밤은 텅 빈 것만 같아서, 내 작은 달그림자를 자꾸만 돌아보며 걸어오곤 했다.

누나의 소식은 들려오지 않았다. 말벗 하나 없던 연이 누나를 떠올리는 사람도 기억하는 사람도 없었다. 그녀는 달그림자처럼 희미하게 흘러가버렸다.

한해, 또 한해, 시간이 흘렀다. 휘영청 밝은 달을 바라볼 때면 나도 모르게 연이 누나처럼 "아, 다도 바다!" 그러고선 두 손으로 얼굴을 가리우곤 했다.

내 마음속을 내내 따라다니는 저 달그림자. 내가 자랄수록 더 무거워지는 그날 밤의 약속.

오늘 밤은 차암, "아, 다도 바다!"

# 도서실의 등불 하나

내 인생에 가장 많은 책을 읽은 때는 열한 살, 그 봄이었다. 누나는 광주로 형은 서울로 진학을 하고, 엄니는 우리 학비를 벌러 멀리 타지로 떠나고, 나는 학교가 끝나도 텅 빈 집으로 가기가 싫었다. 갯벌 바람은 아직 시리기만 하고 산에 핀 첫 진달래는 왜 그리 붉고 섧든지. 내 발길은 학교의 작은 도서실로 향했다.

그때 나는 연단에 올라가 빛나던 웅변도 그만두고 큰 상을 타 오던 작문도 손을 놓고, 내 안의 이글거리는 무언가를 어쩌지 못한 채 어떤 커다란 고독과 허기에 시달렸다. 세상 모든 걸 다 씹어 먹어도 고플 만한 허기, 크고 깊은 마음의 허기였다.

나는 전깃불도 들어오지 않는 도서실이 어둑해질 때까지 무섭도록 책을 읽어 나갔다. 어두운 잠실 속 누에가 푸른 뽕잎을 사각사각 먹어 치우듯 사락사락 책장을 먹어 삼켰다.

책을 펼쳐 들면, 그대로 다른 세계 다른 시간으로 이동해 버렸다. 미지의 땅을 탐험하며 길을 잃고 쓰러지고, 다시 일어서서 혁명가와 영웅들의 모험길을 동행하고, 어느 시인의 심장으로 숨어들고, 주인공의 첫키스에 두근거리는 가슴으로 눈을 감고, 포성이 울리는 참호에 앉아 마지막 편지를 쓰고, 사막을 걷는 낙타의 등 위에서 더운 숨결을 따라 흔들리고, 눈보라가 몰아치는 설원 길을 하얗게 떨며 말 달리고….

책의 행간 사이로 난 길을 걸으며, 나는 모든 것을 가질 수 있고 아무것도 갖고 싶지 않았고, 무엇이든 될 수 있고 아무것도 되고 싶지 않았다. 책을 덮고 걸어 나오면 내가 사는 여기가, 동무들과 사람들과 익숙하던 일상이, 아주 낯선 세계처럼 느껴지곤 했다.

그렇게 작은 도서실에서 보낸 몇 달, 난 바닥에서 꼭대기까지 책이란 책은 다 씹어 삼키고 말았다. 수백 권의 책을 다 읽고 더는 읽을 책이 없어서 가장 감명 깊었던 몇 권을 다시 꺼내 소처럼 되새김질했다. 그리고 그때야 비로소 삐걱거리는 나무 바닥 소리와 유리창 밖의 붉은 노을과 오래된 책 냄새와 도서실 구석 책상에 앉아 계신 여선생님이 눈에 들어왔다.

"그 책이 좋은 갑다. 여러 번 읽는 걸 보니께."

나와 눈이 마주친 선생님이 처음으로 말을 건넸다.

"아… 여그 책들을 다 읽어부러서라."

그 뒤로 선생님은 주말이면 광주 집으로 가서 10여 권의 책을 보자기에 싸와 도서실 책장에 슬그머니 꽂아주곤 했다. 두껍고 어려운 책들이었다. 다음 장으로 넘기기가 어려웠다. 하지만 이 귀하고 묵직한 책들을 언제 다시 만날 수 있을까? 나는 온 힘을 모두어 그 책 속으로 파고들었다.

어느 날 자리에서 눈을 들어 보니 아무도 없는 도서실은 어둠에 잠겨 있고, 내 책상 앞에 작은 등불이 놓여 있었다. 한 구석 선생님의 책상에도 등불 하나가 빛나고 있었다. 퍼뜩 정신을 차려보니, 벌써 오래전부터였다.

아 그동안, 그러니까 지난 몇 달 동안, 이 작고 외진 도서실엔 거진 나 혼자였고, 난 저녁노을에 활자가 가물거릴 때까지 책 속의 다른 세계로 몰입했고, 선생님은 가만가만 발소리를 낮추고 걸어와 내 책상에 등불을 놓아주셨던 것이다.

말할 수 없이 뭉클한 것이 밀려 들어왔다. 난 책을 덮고 일어섰다. 책상 위의 등불을 들고 흔들리는 빛의 길을 걸어 선생님께 갖다드렸다.

"벌써 다 읽었냐아. 더 보제이."

“아니어라, 다 봤어라. 선생님도 얼른 가셔야지라.”

꾸벅 인사를 하고 도서실 문을 나서며 나는 그렇게나 부끄럽고 죄송할 수가 없었다.

선생님은 매일 자기 돈으로 귀한 초를 사서 켜 놓아 주셨고, 나 때문에 퇴근도 안 하고 계셨던 것이다. 그 긴 날들을 그랬던 것이다. 책에 빠져든 내가 몇 시간 만에 일어나 어둑해진 도서실 문을 나서면 내 등 뒤에서 찰카당 문을 잠그고 그때야 밤길을 걸어 퇴근하는 선생님의 모습이 서늘하게 다가왔다.

그날 이후 나는 도서실을 가지 않았다.

“왜 도서실에 안 온다냐? 나도 늦게까지 조용히 할 일 있으니 와서 책 봐라이.”

수업을 마치고 운동장에서 마주친 선생님이 말을 건넸다. 나는 선생님을 바라보지도 못하고 그냥 땅속으로 들어가

부렸으면 하는 심정에 퉁명하게 말하고 말았다.

“도서실에 있는 책은 다 봐 부러서라. 농번기라 얼른 집에 가봐야 써서라.”

그러고는 돌아서 교문을 달려 나왔다.

바보, 쑥맥, 이 등신… 어쩌끄나, 선생님한테 감사하다는 인사 한마디 못 하고…. 자꾸만 뜨거운 것이 북받쳐서 나는 눈물길을 걸어 텅 빈 집으로 들어섰다.

상처 난 아이의 미칠 듯한 허기의 독서에, 작은 석상 같은 부동의 독서에, 가만가만 등불을 놓아두고 말없이 기다려 준 선생님. 저녁도 거르고 퇴근도 늦게 해 홀로 밤길을 걸어 가면서도 단 한 명의 책 읽는 아이를 조용히 지켜주던 선생님.

아 나는 바보만 같아서 선생님 성함도 묻지 못하고 감사의 쪽지 한 장 전하지도 못하고 그렇게 도서실을 뒤로하고 말았다.

이름도 얼굴도 기억나지 않지만 선생님의 속 깊은 마음만은 아직도 꺼지지 않는 등불로 내 안을 비추고 있다. 은미한 빛으로 나를 감싸주신 선생님. 은미한 사랑. 은미한 당신.

# 돌아온 청년

소쩍새 울음소리가 유난히도 크던 여름밤. 할머니는 내 작은 손을 잡고 마을 공회당으로 향했다.

어두운 공회당 마당에 횃불이 일렁거렸다. 이장님과 어른들이 말없이 서 있었고 그 앞에는 멍석이 펼쳐져 있었다. 동네에서 차마 해서는 안 될 짓을 한 청년이 멍석 위에 무릎을 꿇었다. 수십 명의 장정들이 빙 둘러서고 그 뒤로 여인들이 서성이고, 무거운 침묵 사이로 마을 어르신이 나직이 입을 열었다.

"서에 가서 할랑가, 여그서 끝낼랑가."

청년이 고개를 떨구었다.

"누워라."

청년이 드러누웠다.

"눈을 가려라."

청년이 두 손으로 얼굴을 감쌌다.

"자, 말으소."

동네 장정들이 멍석을 굴려 말았다.

"인자 시작허소!"

굵고 푸른 대나무 몽둥이를 집어 든 장정들이 매타작을 시작했다. 퍽, 퍽, 퍽, 어둠 속에 푸른 불꽃이 튀듯 매가 퍼부어지고, 대나무가 짜개지자 다시 새 대나무 몽둥이로 바꿔 들고는 퍽, 퍽, 퍽, 내리쳤다.

뒤에서 지켜보던 청년네 어머니가 "살려만 주씨요, 살려만 주씨요…" 가는 울음을 터트렸다.

어둠 속에 타오르는 횃불 사이로 몽둥이질 소리 흐느낌 소리 성난 소리들이 이어지고, 검은 도깨비춤 같은 그림자의 일렁임이 무서워 어린 나는 할머니 치맛자락을 꼭 쥔 채로 부들부들 떨었다.

이윽고 멍석말이가 끝나고 할머니가 집으로 돌아오며 혼잣말처럼 그랬다.

"저 아그가 중음신에 씌웠던 거제. 여그서 나고 자라 못된 일 할 아그가 아닌디…. 그인들 그러고 싶어서 그리했겄는가. 친일파도 있고 앞잽이도 있고 시방도 숭악한 자들이 설치는 시상인디…. 맘 다잡고 잘 살아야 헐 텐디. 뼈나 성해야 쓸 텐디…."

할머니는 마당가 장독대 위에 정안수를 떠 놓고 두 손을 모아 빌며 한참을 서 계셨다.

크고 작은 꽃들이 병풍처럼 에워싼 장독대는 할머니의 성전이었다. 할머니는 저녁 무렵이면 샘물을 길어다 정안수를 떠 놓고, 아침마다 계절 따라 피어나는 꽃 한 가지를 꺾어 두고 손을 모아 절하며 비나리를 올렸다.

농사 풍년과 나라의 평안과 마을의 화목을 빌고, 억울한 이들과 아프고 어려운 사정이 있는 이들의 이름을 하나하나 불러가며 그들이 잘 되게 해달라고 기원한 다음, 맨 나중에야 나를 위한 기도를 바치셨다.

할머니를 따라 두 손을 모으고 서 있던 나는 물었다.

"할무니, 어째서 물 그릇에다 대고 빈다요."

"그랑께 물은 다 기억을 하니께. 물이 흘러 흘러 전해주니께. 저녁에 정안수를 떠 놓으면 말이다. 별들이 총총히 내려와 물 속에 담기제. 아침 이슬 속에 기도를 드리면 말이다. 정한 마음으로 비는 그 바람을 하늘에 전해주시제. 눈물은 아래로 흘러서 저 은하수로 하늘님께로 가닿는 것이니께."

물이 기억한다… 물이 전해준다…. 나는 물그릇에 비친 내 얼굴을 바라보고 한 번 더 손 모아 기도를 드렸다.

며칠 뒤 할머니는 그 청년을 집으로 불렀다.

"저그 장독대 좀 손 봐주소."

일을 마친 저녁, 할머니는 꼬막을 삶아 밥상을 차려놓고 술을 따라주며 말했다.

"많이 드소. 기운 내야제. 맺힌 게 커서 그런 거제. 힘 쓸 곳을 못 찾아 그런 거제…."

상처 난 얼굴의 청년은 묵묵히 밥을 다 먹었다. 할머니는 다시 술잔을 채워주었다.

"한이네, 한이여. 병든 자네 할매도 먼저 간 아비도… 자넨들 그리하고 싶어 그리했겠는가. 나가 아침마다 저그 장독대에 정안수 떠 놓고 비네. 원신들 떠나갔으니 좋은 인연이 찾아들 거네. 누구도 탓하지 말고 부디 자중자애허소."

청년의 어깨가 대숲처럼 흔들렸다.

얼마 후 그는 마을에서 사라졌다.

시간이 흐르고 우리 할머니도 돌아가셨다. 마을 청년들도 누나들도 하나둘 공장으로, 노가다로, 식모살이로, 서울로 가는 길로 흩어져 갔다. 우리 동네도 빠르게 여위어가고 적막해갔다.

국민학교 5학년 때쯤일까. 학교를 마치고 집에 오니 검게 탄 군인이 마루에 걸터앉아 있었다.

"많이 컸구나. 평이지야."

그 청년이었다.

"월남전쟁 갔다 왔다. 좀 상했다. 서울 청계천서 쬐맨 공장 하나 차릴란다."

마루 턱에 나란히 앉아 우린 말없이 아래 들녘을 바라보고 있었다.

"할무니는… 잘 가셨냐아."

"예… 아부지도 가셨어라."

"장독대 여태 성하네. 할무니… 정안수… 그 말씀…."

말을 채 못 잇고 눈물을 훔치던 그가 큰 달력 종이에 싼 것을 내밀었다. 공책이랑 처음 보는 미제 펜이었다.

"나는 한 번 죄를 지었다. 그렇게 떠난 곳에서 전우가 죽고 미군들도 월남 청년들도 많이 죽었다. 나는 말이다, 힘을 잘못 써부렀다. 평아, 니도 한이 큰디 니는 어느 쪽으로 클 것이냐. 할무니 말씀처럼 자중자애허고 힘을 잘 써야 한다이. 또 보자."

그가 떠나고 나는 붉은 노을에 감싸인 채 혼자 마루에 앉아 있었다. 어린 날 횃불 아래 멍석말이 치던 그 밤이 스쳐가고, 한 맺힌 사람들을 위해 정안수 떠 놓고 빌어주던 우리 할머니가 떠오르고.

"그인들 그러고 싶어 그리했겠는가…. 평아, 한 많은 세상 한 많은 사람들 모다 품고, 악한 것 못 들게 선한 맘 북돋아 가그라."

나는 할머니의 장독대에 정안수를 떠 놓고 두 손을 모았다. 검푸른 하늘에 총총히 별이 돋아나고 있었다.

## 흰 고무신 한 켤레

우리 집 댓돌 위엔 늘 커다란 흰 고무신 한 켤레가 단정히 놓여 있었다.

어머니는 아침이면 살아생전의 아버지가 신던 흰 고무신을 깨끗이 닦아 댓돌 위에 가지런히 올려놓고 논으로 밭으로 품앗이를 나가셨다.

학교에 다녀오면 맨 먼저 날 반기는 건 아버지의 흰 고무신이었다. 나는 등에 비껴 맨 책보를 풀어놓고 마루에 걸터앉아 흰 고무신에 작은 발을 가만히 넣어보곤 했다. 고무신은 내 두 발을 포개 넣어도 남을 만큼 컸다.

그 해는 가뭄이 심해 다들 보릿고개 넘기가 힘들었다. 나는 속없이 먹어도 먹어도 허기지고 어지러웠다. 해당화가 붉게 피어 향기를 날리던 날이었다. 어머니는 아버지의 흰 고무신을 씻어 댓돌 위에 놓아두고 멀리로 돈을 벌러 떠나셨다.

학교에 다녀오면 엄마가 없었다. 텅 빈 집안이 처음으로 무서웠다. 밤이면 뒷산에서 여우 울음소리가 들리고 막내 여동생은 대숲 바람 소리에도 내 작은 품을 파고들며 엄마 엄마 부르다 잠이 들곤 했다.

댓돌 위에 늘 희게 빛나던 고무신은 하루하루 흙먼지에 빛바래 갔다.

가을 운동회를 마치고 공책 세 권을 상으로 받아 들고 풀 죽은 걸음으로 집으로 왔다. 마당에 들어서니 댓돌 위 고무신이 하얗게 빛나고 있었다. 엄마다!

엄니이- 소리치며 달려가 방문을 열었다. 엄니가 목화꽃처럼 웃고 계셨다. 깨끗이 씻긴 막내는 엄니 품에서 카스텔라 빵을 볼이 미어지게 물고 있었다. 엄니는 긴 머리를 말아 비녀를 꽂던 쪽 찐 머리를 짧게 잘라 파마를 했고 볼이 야위어선지 더 쓸쓸해 보였다.

어머니는 매일 아버지의 고무신을 닦아 댓돌 위에 놓았다.

"아부지가 집에 돌아오면 양복이랑 구두를 벗고 말이다, 이 흰 고무신을 신고 흙마당을 거닐 때가 젤 좋다고 웃곤 했지야. 집안에 어른의 흰 고무신 한 켤레가 놓여있어야 든든 안 하냐아."

사흘 뒤 엄니는 서둘러 가을걷이를 마치고 다시 떠나야

했다. 엄니를 배웅하러 나간 우물가 정자나무 아래에서 동생은 엄니에게 안 떨어지려고 울며 몸부림을 쳤다. 나는 동구 밖 넘어 신작로를 걸어가는 엄니의 뒷모습이 안 보일 때까지 막내의 손을 꽉 쥐고 울지 않았다.

눈물 젖은 동생을 데리고 걸어오는 골목길이 이렇게 길고 먼지 처음 알았다. 집에 오자마자 동생 얼굴을 씻기고 방에 데려가 뉘었다. 학교 간 누나는 아직 오지 않았고 어두워 오는 집안에 나 혼자였다.

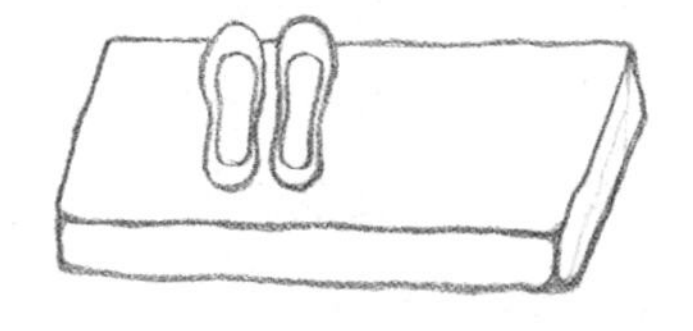

나는 마루에 걸터앉아 엄니가 깨끗이 닦아놓고 간 흰 고무신에 가만히 발을 넣었다. 발등에 물방울이 툭툭 떨어졌다.

계절이 흐르고 첫눈이 내리고 학교를 마치고 집으로 돌아왔다. 흙먼지에 뿌옇던 고무신이 댓돌 위에 하얗게 빛나고 있었다. 엄마다! 나는 한달음에 뛰어가 문고리를 당기며 울음 섞인 목소리로 엄니이- 불렀다. 없었다. 방안이 썰렁했다. 막내만 혼자 집을 보다 아기 노루처럼 잠들어 있었다.

나는 슬픔과 배반감에 입술을 깨문 채 한참을 서 있었다. 어린 막내 동생도 엄니가 그리웠던 것이다. 그래서 고무신을 하얗게 닦아 놓았던 것이다.

나는 밖으로 뛰쳐나갔다. 골목을 지나 들길을 지나 방죽길을 숨이 터져라 내달렸다. 눈물이 차가웠다. 돌멩이를 집어 들고 들판으로 하늘로 바다로 내던졌다. 새 떼가 날아오르며 갈대밭이 몸을 떨었다. 나는 못 견디게 쓸쓸하고 슬퍼져서 황톳길을 따라 걷고 또 걸었다.

다음 날 아침 나는 흙마당을 쓸고 얼굴을 씻고 아버지의 흰 고무신을 깨끗이 닦아 댓돌 위에 놓아두었다. 그러고는 아무도 없을 때면 마루에 앉아 살며시 내 작은 발을 고무신에 넣어보곤 했다. 어서어서 내 발이 커져서 아부지 고무신에 꼭 맞기를, 흰 고무신을 신고 웃으며 걷는 듬직한 아들이 되고 오빠가 되기를 소망하며.

# 연필 깎는 소녀

웅변을 그만두자 그 빛도 사라졌다. 큰 도시를 돌며 빛나는 무대에서 상을 타 오던 나는 하루하루 존재감이 사라졌다. 나를 향한 선망의 눈길도 따뜻한 호의도 시들어버렸다. 몇몇 아그들은 내가 무언가 거절만 해도 "지가 시방도 스타인 줄 아는갑다야" 입을 삐죽였다. 나를 특별한 학생으로 대하던 선생님들도 냉담하기 시작했다. 한순간에 시들어버린 꽃은 부러 더 밟고 다니려는 것만 같이 무정한 인심이었다.

도서실의 책도 다 읽어버렸고 낡은 풍금 한 대뿐인 학교에서 달리해볼 것도 없고, 나는 줄 끊어진 연처럼 가라앉는 날들이었다.

그때 영호라는 학생이 우리 반에 편입해 왔다. 우리보다 서너 살은 많고 나보다 머리 하나는 더 큰 체구에다 여수에서 점원 생활을 하다 온 영호는 어른스럽고 영리하기까지

했다.

그해 봄 운동회를 앞두고 영호는 아이들을 학교 뒤로 소집했다.

"운동회 때 우리 반이 1등 묵는다. 알것제!"

그러고선 이어달리기, 씨름대회, 바구니 터뜨리기, 이인삼각 달리기, 기마전, 줄다리기… 종목별로 조를 짜고 대표 선수를 선발하고 강훈련을 주도하기 시작했다. 운동회 날, 우리 반은 100미터 달리기 하나 빼고는 단체 종목은 다 휩쓸었다. 아이들은 신이 났고 선생님들은 놀라버렸다. 전교생이 단번에 송영호라는 이름 석자와 우리 반을 주목했다.

그 뒤로 산림녹화, 송충이 잡기, 화단 가꾸기, 저축 장려, 교실 대청소, 미국 원조 강냉이 빵과 우유 배분, 학교 납부금 내기 등 모든 것에 앞장서서 우리 반을 최우수 모범반으로 이끌었다. 담임선생님은 대부분의 일을 영호에게 맡겼고 다른 반 선생님들은 영호를 부러워했고, 6학년 형들까지 동무들을 몰고 다니는 영호를 쉽게 대하지 못했다. 무슨 까닭인지 영호가 어려워하는 사람은 딱 하나, 키도 작고 말수 적고 혼자일 뿐인 나였다.

영호가 반장을 맡고부터 좋아진 만큼 나빠진 것이 있었다. 선생님들 눈에 들고 학업성적 올리는 데 앞장서자, 수업시간에 질문 많고 매 벌기로 소문난 우리 반 아이들이 조용해진 것이다. 선생님이 나가자마자 매 맞은 동무에게 우르르 달려가 "어쩌끄나, 많이 아프제, 질문이 먼 죄라고…" 분함과 아픔을 나누던 풍경도 사라졌다.

나는 점점 속이 편치 않았고 가만히 물러서 있는 때가 많아졌다. 학교에서나 방과 후에나 동무들을 몰고 다니던 영호는 자신을 따르지 않는 나하고는 놀지 못하게 하는 분위기를 조성했다.

그러던 어느 날, 영호가 나를 불러세웠다. 십여 명의 아그들이 나를 빙 둘러쌌다. 영호는 가라앉은 목소리로 말했다.

"나한테 불만 있냐아. 니만 왜 삐딱하게 그란다냐. 좋게 좋게 가자이. 니 혼자 사는 거 아니다이."

긴장된 공기 속에 아그들이 말을 보탰다.

"평아, 니 왜 그라냐아."

"같이 좀 다니고 좋게 좋게 가자니께."

영호의 눈매가 이글거리기 시작했다.

"느그한테 좋다고 다 좋은 것이 아니제."

나는 담담하게 말하고 돌아서 나와버렸다. 등 뒤에서 영호의 사나운 목소리가 떨려 나왔다.

"뭐시여? 그려, 그라믄 혼자 한번 지내봐라잉!"

그날 이후 교실에서나 운동장에서나 동네에서나 동무들은 슬금슬금 나를 피했다. 놀다가도 내가 가면 "야 재미없다, 인자 가자" 하고는 다른 데로 가버렸다. 나랑 이야기를 하거나 웃던 동무들은 다음 날이면 "평아, 미안해야…" 속삭이고는 꼭 빚쟁이처럼 고개를 숙이고 돌아섰다.

영호의 힘은 대단했다. 주먹을 쓰는 것도 아니고 욕설이나 명령을 하는 것도 아니었으나, 알아서 영호의 마음을 읽고 경쟁하듯 나를 따돌리고 빈정대는 아이들이 늘어났다. 영호네 무리는 더 똘똘 뭉쳐 다녔고 동무들은 내게서 더 멀어져 갔다. 오히려 '내가 문제인가'라는 생각이 들 정도였다. 하지만 영호의 눈치를 보거나 눈에 들려고 할수록 점점 숨이 막혀오는 분위기를 다들 느끼고 있었고, 나를 대할 때마다 불편한 마음을 감추고 있다는 걸 아그들도 나도 느끼고 있었다.

차갑게 등 돌린 아그들 속에서 나는 갈수록 말을 잃었고 웃음을 잃었다. 세상에서 제일 무섭고 슬픈 일은 아무도 나랑 놀아주지 않는 거였고, 속마음을 나눌 말동무가 없는 거였다. 나는 산벚꽃 날리는 등굣길을 혼자 걸었고 물든 잎이 떨어지는 황톳길을 힘없이 걸었고 동백꽃 핀 눈길을 싸늘한 마음으로 걸었다.

기나긴 언 마음에도 또 봄은 왔다. 나는 자운영이 붉게 핀 논길을 고개 숙여 걸어가고 있었다. 뒤에서 발자국 소리가 들려왔다. 나를 피해 지나칠 것이 빤해서 고개도 돌리지 않고 길을 걸었다. 봄 햇살에 선연한 자운영꽃이 더 서러웠다.

그때였다.

“나랑 같이 놀래?”

내가 돌아보자 등 뒤에서 수줍게 웃고 있는 아이. 전학 온 내 짝꿍 민지였다.

나는 말없이 길을 걸었다. 민지가 한 발 뒤에서 가만가만 따라오더니 내 옆에 다가와 나란히 걸었다. 슬쩍 옆모습을 보니 환하게 웃는다.

“꽃이 어쩜 이리 곱니. 이렇게 넓고 예쁜 꽃밭은 처음 봐. 꽃 이름이 뭐야?”

“자운영… 논이야….”

“아, 자운영꽃이구나! 이게 다 논이구나. 들판.”

“… …”

“나 바보 같지. 그래도 이 길 좋다. 차암 좋다.”

나는 자운영 가득한 논길을 걸어 반짝이는 바닷가 긴 방죽길을 지나 노동산 언덕 옹달샘에서 물을 떠주고 신작로를 건너 그 애 집까지 바래다주었다.

“나 있지, 오늘처럼 말 많이 해본 건 처음이야. 이야기할 사람이 없었거든. 오늘 너무 신나는 여행이었어. 고마워. 내가 모르는 거 많고 말 많다고 귀찮은 거 아니지?”

“다리 아프겠다… 감기 걸리지 말고….”

돌아서 집으로 오는 길에 모처럼 가슴을 쫘악 펴고 걸었다. 그 애와 함께 걸은 길은 정말로 마음이 환해지는 꽃길이었다. “나랑 같이 놀래?” 이 한마디는 세상에서 가장 빛나고 따뜻한 시로 내게 걸어왔다.

다음 날 아침 난 여전히 혼자였으나 미소를 지으며 걸었다. 아침 길이 환했다. 그래, 이런 길이었지. 원래 나의 아침은 이렇게 빛났지.

교실에 들어설 때도 허리를 곧게 펴고 고개를 들고 걸으며 따뜻한 눈길로 아이들을 응시했다. 나와 눈이 마주친 아이들이 고개를 돌리고 눈을 내렸다.

교실 문이 열리고 민지가 걸어왔다. 나는 그 애가 책상에 앉기까지 찬찬히 바라봤다. 꽃무늬 원피스에 운동화를 신고, 배추 속잎처럼 뽀얀 얼굴에 맑은 눈동자, 단발머리를 묶어 맨 희고 긴 목선까지 참말로 고왔다.

아, 그러고 보니 새 학기가 되어서도 나는 고개를 숙이고 다녔구나. 이렇게 예쁜 여자애도 눈에 보이지가 않았구나. 나를 피하는 동무들의 모습이 비겁하고 분하고 짠하기도 해서, 원래 너희가 그런 아그들이 아니었는디 이렇게 돼버린 우리가 슬퍼져서, 나는 고개를 숙이거나 먼 곳을 바라보며 다녔구나. 너희도 변하고 나도 변해버린 등 뒤의 시간이 싸늘히 스쳐와서 나는 묵연히 앞만 바라보았다.

수업 시간 내내 나도 민지도 말이 없었다. 쉬는 시간에 바람을 쐬고 오니 민지는 책상에 앉은 채로 내 몽당연필을 깎고 있었다.

나무로 된 연필은 비싸고 귀해서 다들 폐지를 압축해 만든 연필을 썼는데, 깎기도 힘들지만 공들여 깎아도 금세 연필심이 툭툭 부러졌다. 나는 그 몽당연필도 아까워 시누대를 깎아 끼워 바닥이 날 때까지 쓰곤 했다.

그런데 민지가 그 질 나쁜 몽당연필을 얼마나 고르고 예쁘게 깎아 놓았던지, 나는 민지가 깎아준 연필로 공책에 또박또박 글을 썼다.

다음 날도 그 다음 날도 수업이 끝나고 아이들이 서둘러 빠져나간 교실에서 민지는 창문으로 비스듬히 비추는 햇살 아래 부러진 내 몽당연필을 깎아 필통에 담아주었다.

민지가 연필을 깎는 모습은 그렇게 예쁠 수가 없었다. 삐걱이는 나무 의자에 등을 대고 곧게 앉아서 볼우물이 생기도록 입술을 꼬옥 다물고 속눈썹을 내린 채 고른 숨을 쉬며 더없이 정성스레 연필을 깎는 민지를 보고 있으면 내 심장이 통게통게 뛰었다.

다만 나 때문에 민지가 해코지를 당할까 봐 사람들이 있을 때는 부러 멀찍이 떨어져 있곤 했다. 그러다 혼자 있는 내 곁에 민지가 다가오면 햇살이 걸어오는 것만 같았고 은은한 꽃향기가 불어오는 것만 같았다.

나는 민지가 깎아준 연필로 일기를 쓰고 독후감을 쓰고 시를 써 나갔다. 내 마음을 울리는 시를 쓰고 나면, 나를 따돌리는 영호 무리쯤은 무감하게 내려 보이고 안돼 보이기도 했다.

나는 수업 시간에 모처럼 손을 들고 질문을 했다. 아그들이 일제히 나를 보았고 잠시 긴장된 분위기가 흘렀으나 이내 예전처럼 활기찬 논의가 이어졌고 저요, 저요, 질문이 이어졌다.

학교를 마치고 집으로 가는 길이었다. 민지가 내 등을 톡톡 두드리더니 손에 든 시 공책을 가리키며 말했다.

"평아, 그거 나 좀 보여주면 안 돼?"

"음… 남 보여주는 거시 아닌디…"

“쬐끔만, 나만, 응응?”

나는 내 속마음을 보이는 것만 같아 망설여졌다.

“응. 안 되는 거구나… 그래….”

서운한 목소리가 산매화 꽃잎처럼 떨어지고, 민지는 힘없이 돌아서 걸어갔다.

아 이게 아닌디… 이대로 영영 멀어질 것만 같아 민지를 따라가 쭈뼛쭈뼛 말을 걸었다.

“별것 아닌디… 아무한테도 보인 적이 없어서 그래야….”

민지가 나를 향해 돌아서며 환하게 웃었다. 아침이슬 빛나는 함박꽃 웃음에 내 가슴이 떨려왔다.

민지와 나는 노동산으로 올라갔다. 키 큰 나무 아래 바위에 등을 대고 어린 사슴처럼 나란히 앉아서 바다를 바라보았다. 오리나무 참나무 산벚나무 소나무 사이로 흰 돛단배가 밀려오고 새 떼가 날았다.

“자아, … 그냥 그래야.”

나는 달력으로 표지를 만들어 감싼 내 비밀한 시집을 민지에게 내밀었다. 처음으로, 세상 누군가에게 보이는 것이었다.

「고운 꽃이 피었다

높은 벼랑 끝자리에

나는 너무 작아서
까치발로 서 봐도
닿을 수가 없어
꽃들아 꽃들아
내 키가 자라기 전에
떨어지지 말아라」

「손바닥에 불났다
월사금이 늦어서
산에 길에 단풍 든 날
붉은 손바닥을 본다
엄니가 볼 것만 같아
얼른 주먹을 쥔다」

「할무니 손잡고 처음 간 대장간에서
상이용사 외다리 아재가 목발을 끼고
한 손으로 벌건 쇠를 두들겨 때린다
내 다리 잡아묵고도 38선이 그대로네
검은 땀 훔침시롱 호미를 내미신다

닳아버린 호미를 들고 다시 가니

외다리 아재 아들이 풀무질을 한다
새 호미를 들고 와 밭을 매 나간다
우리나라 38선은 언제나 녹을까요
우리에게 좋은 날은 언제나 올까요」

「아가가 방그레 웃을 때는
말랑하고 뽀얀 볼에
살구꽃이 피어나고
울 엄니가 기도하며 울 때는
동백꽃이 또옥 똑
내 이마에 떨어지고」

「봄이 오면 어지럽다
아지랑이 때문일까 배가 고파서일까
산에서 나뭇짐 이고 오던 누나가
진달래꽃 한 가지를 내게 내민다
진달래꽃은 서러운 불꽃
분홍 꽃잎을 바라보다 입에 따 물고
찬 샘물 한 바가지 벌컥벌컥 마신다
내 안에도 꽃이 피려나」

민지는 시 공책을 보고, 나는 먼 하늘을 보고, 얼마나 지났을까. 기척이 없어 슬그머니 고개를 돌려보니 민지가 공책에 얼굴을 묻고 있었다.

"평아, 네 시는 참 슬퍼. 근데 울고 나면 맑아진다. 그래서 … 네 시가 좋아."

그러더니 흠흠, 목을 고르고선 시를 낭송하기 시작했다. 낭랑한 목소리로 민지가 읽어내리는 시는 처음 듣는 시처럼 내게로 걸어왔다.

"이런 시가 어디서 나와? 어떻게 이렇게 써? 내가 살던 서울 집에 피아노가 있는데. 내가 피아노 치면서 노래로 부르면 좋을 텐데…."

"니가 곱다시 깎아준 연필로 요런 글만 써서 나가 쫌 미안허다야."

"이런 시를 나만 읽어서 어떡해. 많은 사람들이 읽으면 힘이 나고 그럴 텐데."

그렇게 민지는 세상에 단 한 명뿐인 나의 첫 독자가 되었다.

나는 민지가 깎아준 연필로 또박또박 공책에 시를 써서 민지에게 건네주곤 했다. 그 순간이 환하고 좋았다. 민지는 시 공책을 펴 들고 읽다가, 그 희고 가는 손을 가슴에 대고 눈을 감고 있다가, 다시 읽고 먼 곳을 쳐다보며 눈물을 글썽이곤 했다. 그런 민지의 모습이 너무 눈부셔 난 세상을 다 가진 듯 가슴이 설레었다.

하루하루 해가 짧아지고 겨울방학이 오고 눈이 내렸다. 사박사박 내 뒤를 따라오는 소리가 들렸다. 내가 돌아보자 민지가 오똑 멈춰 섰다.

"나 저기 언덕까지만 같이 가면 안 돼?"

나는 영호네 무리가 있는지 주위를 둘러보고선 동백나무 아래로 걸어갔다. 하얀 눈 위에 나란히 발자국이 따라왔다.

"와, 흰 눈 속에 붉은 꽃 좀 봐. 세상에 이게 겨울 장미야?"

"아니, 동백꽃…. 동지섣달 꽃 본 듯이 동백꽃."

"아! 이게 네 시에서 본 동백꽃이구나."

바람에 눈이 날리며 투욱 툭, 동백꽃이 바닥에 떨어져 내렸다.

"동백꽃 참 슬프다. 꽃잎이 하나둘 지는 게 아니라 꽃송이가 통째로 떨어지네."

"나가 젤 좋아하는 꽃 중 하나여. 섣달부터 피어서 봄까지 피고 지니께. 붉은 꽃이 붉은 목숨 같응께. 노래에서는 정情이라 부르든디 나가 보기에는 한恨이제이. 붉은 한의 사랑만 같아서 늘 가슴이 시려온당께."

나는 갓 떨어진 동백꽃을 집어 민지 손에 쥐여주었다. 민지는 한참이나 동백꽃을 바라보다 속눈썹을 내리깔고서 운동화만 꼼지락거렸다. 그러다 가방을 열어 곱게 깎은 나무 연필 세 자루를 건넸다.

"이거 받아. 나… 또 전학 가야 한대. 멀리루…. 엄마가 재혼을 해서…."

나는 태양이 꺼져버린 듯 캄캄해져 버렸다. 민지가 두 손으로 무릎을 감싸고 얼굴을 묻고 울먹였다.

"난 평이 니가 시를 쓰고 읽어줄 때가 너무 좋아. 그럴 때면 너한테서 막 빛이 난다. 반딧불 천 마리가 모인 것처럼. 네 시를 읽으면 눈물이 나고 마음이 맑아지고 힘이 나. 난 알아. 넌… 강한 아이야. 평아, 넌 꼬옥 훌륭한 시인이 될 거야."

나는 아무 말도 할 수가 없었다. 바보 같이 주소조차 물어보지 못했다. 민지는 내가 준 동백꽃을 들고 나는 민지가 준 연필을 쥐고, 우리는 그렇게 멀어졌다.

봄이 오고 들판 가득히 자운영꽃이 피어도 내 등 뒤에 민지는 걸어오지 않았다. 학교에도 길목에도 늘 가만가만 다가와 함께 걸어주던 민지가 내 곁에 없었다. 몽당연필이 부러지고 뭉툭해져도, 시 공책 한 권이 빼곡히 차도, 연필을 깎아주고 내 시를 읽어주던 그 애가 없었다.

그사이 영호네 무리는 무슨 내막인지 하나둘 흩어지고 그 대단한 위세도 이즈러져 갔다. 영호는 그저 나이 더 많고 덩치 큰 학생 하나일 뿐이었다. 영호를 따르던 몇몇이 나를 찾아왔다. 영호한테 실망한 것들과 나한테 늘 켕기고 미안했던 것들을 말하면서 다른 모임을 만들자고 했다.

"아니. 우린 그냥 다 같이 동무면 되는 거제."

나는 고개를 저었다. 아, 그동안 나도 많이 컸구나. 영호 무리가 나를 키웠구나. 나는 내가 겪고 이겨 내온 날들을 돌아보며 가슴에 새겼다. 자유로워진 공기 속에서 아그들도 점차 생기를 되찾았고 누구 눈치도 보지 않고 질문을 했고 이전처럼 나를 살갑게 대하며 어울렸다.

그럴수록 나는, 민지가 그립고 가슴이 시려왔다. 깊은 밤 홀로 시를 쓰다가 자꾸만 부러지는 연필을 깎다 보면, 그 애가 사박사박 내게로 걸어왔다. 고개 들어 보면 아무도 없는 정적뿐이었다. 그 순간 내 마음 깊은 곳에서 서성이던 말이 살아나고, 눈물 속에 외로이 뿌리내렸던 시가 피어났다. 나는 읽어줄 사람 하나 없는 시를 쓰고 또 썼다.

「자운영 핀 꽃길에서 네가 걸어왔지
홀로 가는 등 뒤에서 네가 걸어왔지
모두가 등 돌려 떠나간 길에서
나랑 같이 놀래?
눈물꽃 소년에게 빛으로 걸어왔지
텅 빈 내 가슴에 시처럼 네가 걸어왔지」

나는 그 애가 깎아준 단단하고 단아한 연필 같은 사람이 되겠다고 다짐했다. 그때의 나처럼 외롭고 혼자인 사람들에게 가만가만 친구가 되어주고, 그저 말없이 함께 걸어주고, 눈물이 되고 힘이 되는 그런 시를 쓰겠다고 다짐했다.

"나랑 같이 놀래?"

내 인생에 가장 아름다운 한 편의 시와 함께 내게로 걸어온 너.

나의 첫 독자, 나의 첫사랑.

# 수그리 선생님

5학년 때 우리 반 임시 담임으로 오신 선생님. 말수가 적고 느릿한 데다 늘 학생들 말을 몸을 기울여 들어주어 '수그리 선생'이라 불렸다.

우리가 뭔 질문을 하면 "글쎄 나가 알란가아" 잠시 침묵한 뒤 "그랑께, 그게 이렇다고 나는 알고 있는디" 귀에 쏙쏙 들어오게 가르쳐 주고선 "글씨 맞을랑가 모르겄네이… 난중에 더 좋은 거 찾으면 날 가르쳐 주소잉" 고개를 수그리며 멋쩍게 웃곤 했다.

어느 늦은 가을날, 나는 바람에 날리는 물든 잎새를 따라 한적한 학교 뒤편 길로 갔다. 수그리 선생님이 고개를 수그린 채 두꺼운 책을 들고 독서를 하며 걷고 있었다. 나는 세 발쯤 뒤에서 가만가만 따라 걷다가 그의 등을 살며시 두드렸다.

"선생님, 선생님은 여그가 살만 한가라? 나는요, 여그가 영 낯설고 서러워서라. 가을만 되면 자꾸 가슴이 시리고 눈물이 나와서라. 저그 저 하늘만 바라보는디…. 나가 어디서 와서 여그서 왜 사는 것일까라?"

수그리 선생님은 걸음을 멈추고 내 눈을 한참을 들여다보다가 저 먼 곳을 바라보다가 예의 고개를 수그리며 말했다.

"평이 니도 그런가. 나도 그런다네. 많은 책을 읽고 하 많은 생각을 해봐도 아직 나도 모르겄네. 근디도 나가 선생으로 밥 벌어 먹고산다고…."

선생님도 고개를 수그리고, 한 발짝 뒤에서 나도 고개를 수그리고, 우리는 낙엽 밟는 소리를 들으며 한참을 걸었다.

하얀 눈이 내리던 겨울방학 날이었다. 수그리 선생님은 한 학기 파견 근무를 마치고 전근을 떠나게 되었다.

"어이 박기평 군, 같이 좀 걸으세."

학교 뒤편 길에서 나와 선생님은 함께 걸었다.

"사람이 말이네. 단 하나 알아야 할 그것도 모르는 부끄러운 사람이 나라네. 그람시랑도 나가 선생이라고…. 박기평 군, 앞으로 잘 배우시면 나 좀 가르쳐주소. 나도 가르치면서 배워갈랑께."

선생님이 두 손을 모아 맞잡더니 허리를 굽혀 천천히 절을 했다. 난 그냥 눈물이 핑 돌아서 눈 바닥에 털썩, 두 손을 짚고 큰절을 올렸다. 무명옷이 추워서인지 마음이 시려서인지 어깨가 떨려왔다.

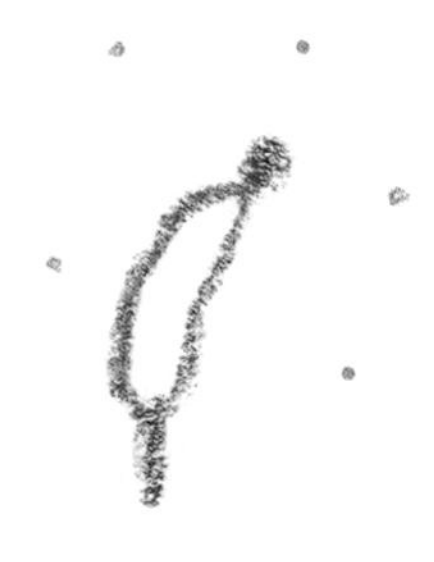

선생님이 허리를 숙여 나를 일으키더니 자신의 귀한 단벌 목도리를 풀어 내 목에 감아주었다.

"나가 별명이 '수그리 선생'이라메. 다들 잘나고 똑똑헌 세상에서 우리 같은 수그리 종자 몇 명쯤은 안 있어야 쓰겄는가. 하하하. 그래도 나가 힘 있는 놈들 앞에선 안 그라제. 목에 칼이 들어와도 안 되는 건 안 되는 거제. 나 먼저 가네. 잘 커 불소잉. 하하하."

빈 가지에 쌓인 눈이 날리도록 큰 웃음을 터뜨리더니 몇 번이나 고개를 돌려 나를 바라보면서 수그리 선생님은 희끗한 눈보라 속으로 떠나가셨다.

# 싸리댁과 장미씨

“오늘 저녁은 전어구이를 먹자. 싸리댁에 가서 싸리 한 단 얻어오그라.”

엄니가 연노랑 기름이 오른 은빛 전어를 다듬으며 심부름을 시켰다. 전어구이 생각에 신난 나는 쌩하니 민기 아재네로 달려가 단정히 잘라 묶은 싸릿단을 둘러메고 집에 왔다.

싸리 숯불이 주홍빛으로 이글거리자 엄니는 가늘게 칼집을 낸 전어를 석쇠에 올리고 소금을 뿌려 뒤집어가며 은근히 굽기 시작했다. 자글거리는 기름에 고소한 냄새가 피어오르고, 우리는 둥근 밥상에 모여 앉았다.

“엄니, 나는 가을에는요, 전어구이가 젤 맛나라.”

“그라제. 여자만 갯벌 바다가 주는 가을 선물이제.”

“근디요, 왜 민기 아재네를 싸리댁이라 부른다요?”

"호호호, 그거시 말이다. 싸리나무로 불을 때면 연기도 안 나고 화력이 은근하게 좋지야. 그랑께 독립운동하던 빨치산이나 피신한 의인들이 산에서 불을 피울 때는 싸리를 쓴 거제. 귀하고 고마운 나무제. 민기가 제 색시를 어찌나 아끼고 모시는지 말이다. 매운 연기 맡을세라 산에 싸리란 싸리는 다 지고 와서 저렇게 때기 좋게 잘라 묶어 헛간 가득 쌓아 놓지 않았냐. 동네 여인들이 부엌에 연기가 찰 때마다 '하이고 나도 싸리 불 때고 한번 살아봤으면 좋겄네' 웃고 놀리며 부러워 안 하냐. 그래서 싸리댁이 된 거제."

하이튼 우리 동강면에서 그 싸리댁이 젤 이쁘다고들 그랬다. 싸리댁이 동네에 들어서던 날은 나름 사건이었단다. 무릎보다 짧은 꽃무늬 원피스에 빨강 뾰족구두를 신고 하늘빛 양산을 쓰고 짐을 진 민기 아재 뒤를 하느작 하느작 걸어 들어오셨다나.

싸리댁은 민기 아재랑 같이 산 지 세 계절이 되도록 여즉 논일 밭일 호미질 한 번 안 하고 갯벌에서 꼬막 바지락 고둥 한 번 안 캐고 똑 나무꾼과 선녀맨키로 살았다. 이따금 우리 집에 놀러 올 뿐 주로 벌교나 순천에 마실을 다녀오곤 했다.

그러던 싸리댁이 겨울이 오자 콜록콜록 시름거리기 시작했다. 엄니는 "차암 내" 하면서도 석화죽을 끓이고 맛이 잘 든 동치미를 꺼내서 "평아, 쩌그 선녀님 갖다주고 오니라"

하셨다.

부엌에서 군불을 때던 민기 아재가 머쓱하니 받아 들고 방문을 열었다.

"장미씨, 형수님이 죽을 끓여 보냈구먼. 일어나 이거 좀 들고 기운 차려야제."

"응…. 어머, 평이 왔니. 기침이 잘 안 멈추네. 어머니께 감사하다고 전해줘."

아, 싸리댁이 장미씨라는 걸 처음 알았다. 해쓱해진 얼굴은 묘하게 더 애틋하고 이뻐 보였다.

며칠 뒤 장날 오후에 소고기 한 근을 사 들고 찾아온 민기 아재가 엄니랑 소곤소곤 하더니 나지막이 울먹이는 소리가 들렸다. 엄니는 또 소고기죽을 끓여 갖다주고 오라셨다.

"민기 아재요" 마당에 들어서자 싸리댁이 마루에 우두커니 앉아 햇살을 받고 있었다.

"아이 또 이런 걸…. 이제 기운 좀 차렸어. 잠깐 앉았다 가."

나는 싸리댁 곁에 오독하니 손을 모으고 앉았다. 좋은 향내가 났다. 왠지 쑥스러워 앞산만 바라보고 있는데 싸리댁이 혼잣말인 듯 중얼거렸다.

"민기씨 참 착한 남잔데… 난 참 나쁜 여자야. 내가 민기씨 많이 좋아하는데… 마음 붙이고 살고 싶은데… 난… 아무리 해도… 여기서는 못 살겠는 걸…. 어떡하지. 내 마음이 자꾸 저 철새처럼 날아간다. 우리 민기씨 어떡해…"

그리고 얼마 후 그녀가 떠나갔다.

엄니는 또 양태찜을 끓여 민기 아재에게 갖다주고 오라셨다. 어둑한 민기 아재가 고개를 숙인 채 꾸역꾸역 찬밥에 양태찜을 다 먹더니 성큼성큼 지게에 도끼를 지고 일어섰다.

"평아, 나랑 나무하러 갈래?"

나는 괜스레 걱정되어 아재 뒤를 따라 걸었다. 양지바른 산마루에 오른 민기 아재는 굵은 참나무 가지를 도끼로 퍽, 퍽, 퍽, 찍어댔다. 그렇게 지게 가득 나무를 재여 묶고는 나무에 기대앉아 주먹으로 쓰윽 눈물을 닦고 담배 연기를 날렸다.

"나가 못난 거제이. 그래도… 우리 장미씨, 참 이쁘지야? 군대 말년에 의정부에서 처음 보는데 눈이 부시드라. 노래는 또 얼마나 잘하는지. 그려, 사람들이 다 나한테 뭐가 씌웠다고 하드라만. 그래도 말이제, 짧았지만… 난 참말로 좋았다. 나도 인자 여그서는 못 살 거 같다. 내 마음이 텅 비어부렀어…. 평아, 엄니한테 감사했다고 전해드리고… 씩씩하게 자라그라잉."

크고 두터운 손으로 내 어깨를 다독여주는 아재에게 나도 모르게 말해버렸다.

"민기 아재, 힘내씨요. 장미 누나가 정말 정말 좋아한다 그러드만요."

어둑하고 굳었던 아재 얼굴에 아련한 미소가 감돌았다.

나는 아재를 뒤로하고 먼저 산길을 내려왔다. 아직 알 수 없었으나 어렴풋이 느껴져 오는, 사랑의 기쁨과 슬픔 사이, 싸리댁과 장미씨 사이를 헤아려보며.

# 달려라, 자전거

토요일 학교를 마치고 외갓집엘 갔다. 중학생이 된 종모 형이랑 민우 형이 금빛 단추가 달린 검정 교복에 교모를 쓰고 학교에서 돌아와 웃으며 나를 반겼다.

그런데 세상에, 은빛 바큇살이 빛나는 자전거가 있는 것이 아닌가. 벌교중학교에 입학한 형들은 이 멋진 자전거를 타고 통학한다는 것이었다.

"형, 참말로 이걸 타고 먼 벌교까지 다닌다고라?"

"그럼. 을매나 빠른디야. 바람처럼 가분당께. 엊그제는 순천도 가고 달나라도 갔다 와부렀다야. 흐흐흐."

나는 부러운 눈으로 자전거를 어루만지고 핸들 위의 종을 따르릉 따릉따릉 울려 보기도 하고 손으로 바퀴를 돌려 보기도 함시롱 연신 탄성을 질렀다.

"기평아, 니 책보자기 풀어 봐라."

형들이 보자기 안에 든 학용품을 찬찬히 살폈다.

"어라 공책도 다 썼고, 몽당연필도… 이거 금방 부러지지야?"

속닥이던 형들이 큰외삼촌 방으로 들어가더니 조금 뒤 함박웃음으로 나왔다.

"평아, 우리 벌교 가자. 좋은 공책이랑 나무 연필도 사자!"

"참말로 벌교까지 간다고라?"

내가 벌교에 가본 건 손가락으로 꼽을 정도였다. 동강에서 벌교는 20리 길이었고 하루에 서너 번 차가 다니긴 했지만 내겐 다른 나라처럼 멀고도 높았다.

그때까지 동강에는 전기도 들어오지 않았고 자전거는커녕 리어카도 귀했다. 일제강점기 때 강제 공출 항구였던 벌교는 일찍이 전기가 들어오고 기차역이 있고 물산과 사람이 모여 번성한 곳이었다.

나는 비행기를 탄 듯 붕 떠오른 기분으로 형이 모는 자전거 뒤에 앉았다. 굽이굽이 긴 내리막길을 달릴 때는 너무 흥분해서 목청껏 외쳤다.

"달려라 달려. 은륜아 잘 달린다. 가자 벌교로, 가자 가자 순천 광주 대전 서울 백두산까지 가불자. 바람아 새들아 내가 나가신다. 시베리아 넘어 유로파 넘어 지구 끝까지 달려가 불란다. 하늘까지 날아서 울 아부지도 만나불란다. 은하

수야 내가 간다. 달려라 달려. 형아, 밟아 밟아!"

형들의 자전거 뒤를 번갈아 옮겨 타면서 노래 부르고 소리 지르다 보니, 어머나, 벌써 화려한 벌교 시내가 아닌가.

"평아, 니 사고 싶은 거 다 말해봐라. 못 사는 거 빼고 다 사줘 불라니께."

두 형도 신이 나서 땀 젖은 얼굴로 큰소리를 쳤다.

우리는 서둘러 젤 큰 문구점으로 가서 중고생이나 쓰는 맨지르르 하고 질 좋은 공책 다섯 권이랑 양철 필통이랑 귀한 나무 연필이랑 칼, 지우개, 삼각자를 샀다. 서점에 들러 잉크 냄새 풍기는 시집 몇 권과 외국 수필집과 세계지도 책도 샀다.

그렇게 여기저기 벌교 구경을 마치고 외갓집으로 돌아왔다.

"평아, 한번 타 볼래?"

형들이 마당에 세워둔 자전거 안장에 나를 앉혀주었다. 다리를 쭉 뻗자 간당간당 페달에 발끝이 닿았는데, 핑그르르 페달이 아래로 돌아갈 땐 까치발을 해도 닿지가 않았다. 나는 그래도 자전거를 기어코 배워불겠다고 기를 썼다.

형이 뒤에서 자전거를 붙잡은 채 살살 밀어주고 난 몸을 기우뚱대며 발이 닿지 않는 페달을 돌려보고, 그러다 이상한 느낌에 돌아보니 손을 놓아버린 형이 저 뒤에서 웃고 있는 것이 아닌가. 순간 소가 있던 짚 바닥에 꽈당, 넘어졌고 송아지는 움메 놀라 달아났다.

"아그 다칠라. 천천히 갈쳐주그라."

마루에서 지켜보시던 큰외삼촌의 말씀에 나의 자전거 타기는 그만 끝이 났다.

그날 이후 나는 자전거에 홀랑 반해버렸다. 호롱불 아래 책을 읽을 때면 활자만 한 은빛 자전거가 점점 커지더니 어느새 나는 자전거를 타고 책 속의 그곳으로 바람을 가르며 달려가고 있었다. 꿈속에서도 은빛 바퀴를 타고 서울로 달나라로 은하수까지 누비고 다니곤 했다.

때마침 동강국민학교 앞 정류소 건너편에 〈은마 자전차점〉이 생겼다. 나는 두근대는 마음으로 문을 열고 들어갔다. 당연히 값비싼 새 자전거는 없었고 빵꾸 때우고 체인 고치고 고물 자전거를 수리해 파는 점포였다. 그리고 얼마 뒤 자전차점에 빨강 뺑끼로 쓴 나무판이 걸려 있었다.

'자전거 대여 : 1시간에 50원'

나는 눈이 번쩍 뜨였다. 50원만 있으면 자전거를 타고 달릴 수 있다니! 하지만 금세 시무룩, 돼지고기 반 근 값인 돈을 어디서 구한단 말인가.

아아, 자전거만 빌려 탈 수 있다면 뭐라도 내어주고 싶을 정도로 간절하고 애가 탔다. 어디에서 무얼 봐도, 온통 자전거 생각 뿐이었고, 자전거만 타면 요술 담요처럼 어디로든 날아갈 수 있을 것만 같았다.

그때 책상 위에 무언가 눈에 들어왔다. 엄니가 지난 계절 벌교장에서 사온, 풍성한 드레스를 입은 서양 공주 모양의 플라스틱 저금통이었다. 엄니는 그 저금통에 달걀을 판 돈을 모아 성탄절 때 우리 남매 선물을 사주겠다고 했다.

안 돼, 안 돼, 절대루 안 돼, 눈을 감고 돌아설수록 자전거가 어른거렸다. 딱 한 번이다, 딱 한 번. 나는 저금통을 뒤집고 투입구에 철사를 넣어 동전을 빼내기 시작했다. 와 정말 땀나는 일이었다. 어렵게 어렵게 동전 몇 개를 빼냈다.

나는 동전을 꼭 쥐고 자전차점으로 달려갔다. 가쁜 숨을 몰아쉬며 주인장에게 동전을 내밀고는 자전거를 가리켰다.

"아따, 아그가 발이 닿을랑가. 어른용이라 많이 클 텐디."

"괜찮아라. 나가 맘이 바쁘요잉. 1시간 이따 올게요잉!"

나는 길 건너 학교 운동장으로 자전거를 끌고 갔다. 철봉을 붙들고 높은 자전거 안장에 어렵게 올라앉자마자 넘어지고 또 넘어지고, 아아 금싸라기 같은 시간은 줄줄 흘러가고, 간신히 페달을 굴려 달리다가 얼마 못 가 또 넘어지고…. 그래도 첫날 50원짜리 한 시간으로 10미터는 갈 수 있었다.

다음 날 또 몰래 저금통에서 동전을 빼내 자전거를 빌려 탔다. 다음 날, 그 다음 날도…. 그러다 동전 빼내기가 너무 힘들어서 아예 저금통 밑을 칼로 째 지폐 한 장을 빼냈다. '아따 바늘 도둑이 소 도둑 된다드만 나가 몹쓸 도둑놈이 되는구나' 함시롱도 기필코 자전거를 타고 달리고야 말겠다고 결심했다.

무릎팍이며 정강이며 팔꿈치랑 손등까지 까져 성한 데가 없을 즈음 마침내 나는 운동장을 신나게 달릴 수 있었다. 한 손으로도, 두 손을 놓고도, 동무를 태우고도 탈 수 있었다. 나는 자전거랑 한 몸이 되어 달렸고 자전거는 내 몸속으로 둥글게 달렸다. 높은 자전거 위에서 바라보는 풍경과 바람을 가르는 질주의 맛은 놀라운 쾌감이었다. 꽃잎이 날리는 길을 달릴 때면 연분홍 꽃잎이 얼굴에 부딪혀 오면서 '아 좋다, 참말로 좋다' 하늘길을 달리는 기분이었다.

그렇게 일주일쯤 지나고, 그날도 자전거를 빌려 타고 나서 돌아오는데 샘터에서 누나가 나를 기다리고 있었다.

"평이 니가 저금통 뺐지. 큰일났다야. 엄니가 알아부렀다. 오늘 아조 좋아리 매는 벌어놨다야."

"오매, 올 것이 와 부렀네이…."

눌러뒀던 자책과 부끄러움이 몰려왔으나 참 묘하게도 후회는 없었다.

나는 대청마루에서 엄니 앞에 꿇어앉았다.

"어디 쓴 거냐?"

"… 나가 고등학생 되면 열 배 백 배로 갚을께라."

"어디 썼냐고 물었제."

"자전거를 배울라고 빌려 타는 값으로…."

"자전거도 없는데 그걸 타서 뭐 할라 그랬냐."

"없는 것이랑 탈 줄 모르는 것이랑은 다르지라."

"자전거 빌리는데 얼마더냐."

"50원…요…. 한 시간에."

그랬더니 엄니가 100원을 탁 꺼내 주면서, 차분한 목소리로 말씀하셨다.

"요거면 두 시간 빌릴 수 있제? 내 앞에서 타 보거라."

나는 씽 달려나가 자전거를 끌고 마당으로 들어섰다.

엄니가 마루에 턱하니 앉아 지켜보니께로 긴장되고 떨려서 숨을 크게 한 번 쉬고 자전거에 올라탔다.

천천히 몇 바퀴를 돌던 나는 어느새 화단에서 불어오는 꽃향기와 고개 들어 바라보는 하늘빛과 속도를 낼수록 쇄아 쇄아 귓가를 스치는 바람 소리에 나도 모르게 미소를 지으며 황홀한 표정으로 마당을 달리고 있었다.

"되었다. 인자 탈 줄 아니께 다신 그러지 마라!"

슬몃 보니 엄니는 엄정한 표정 사이로 흐뭇한 미소를 짓고 계셨다.

자전거를 반납하고 돌아와 누나와 막내에게 내가 제일 아끼던, 그래서 쓰지도 못하고 간직하던 나무 연필을 슬그머니 건넸다. 나중에 크면 참말로 멋진 성탄절 선물을 하겠다고 다짐하면서.

우습기도 하고 부끄럽기도 하고 조금 서럽기도 한, 내 인생의 처음이자 마지막 도둑질은 그렇게 끝이 났다. 그 후로도 나는 내 자전거를 가질 수는 없었지만 그토록 간절히 배우고 해낸 것만큼은 평생 잊히지 않는 내 것이 되었다. 그리고 자전거를 가진 사람들이 더는 부럽지도 샘나지도 않았다.

자전거만 있으면 어디로든, 어디로라도, 날아갈 수 있을 것만 같았던 그 어린 날에.

# 꿈을 찾아

교실 창밖에는 눈보라가 날리고 있었다. 장작 난롯가에 둘러앉아 양은 도시락이 데워지길 기다리며 선생님은 숙제로 내준 발표회를 진행했다. '난 어떤 사람이 되는 게 꿈인가?'

"부자가 되는 거요."

"나는 장군이 될라요."

"난 이미자요!"

"난 멋진 마도로스요."

"하얀 가운 입은 의사요."

"솔찬히 유명한 사람요."

"친일파 잡는 대통령이요!"

눈바람에 낡은 창이 덜컹거렸고 층층탑으로 쌓아 올린 양은 도시락에서 하얀 김이 피어올랐다.

내 차례가 되자… 그냥 우물쭈물….

"시방, 난 할 게 없는디라, 동무들이 다 해묵어 부러서…."

한바탕 웃음이 터졌지만 정말이지 난 심각했다.

마당의 눈을 쓸면서도, 보리밭에서 연을 날리면서도, 호롱불 아래 책을 읽고 일기를 쓰면서도, 사랑방에서 새끼 꼬는 형들의 이야기 속에서도, 동강공소 마룻바닥에서 미사를 드리면서도, 나는 어떤 사람이 되어야 하는지, 나만의 꿈은 무얼 세워야 하는지 생각에 잠긴 날들이었다.

눈보라가 치는 길처럼 흐릿하고 아득하다가 어떤 날은 겨울 하늘처럼 말갛고 시리다가도 또 처마의 고드름처럼 생각들이 얼어 떨어지곤 하는 거였다.

난 전파상의 김점두 아저씨를 찾아갔다.

"나가요, 커서요, 없이 사는 사람들을 위해서 힘 있는 사람이 돼 불라고 하는디요. 어쩌까요."

지직거리는 라디오를 뜯어고치던 아저씨가 연장을 내려놓고 빙그레 웃었다.

"힘이라…. 힘을 가질라면 말이다, 위로 위로 올라가야 쓰는디 뭘로 올라간다냐. 뭐를 밟고 올라간다냐. 없는 사람들은 힘 가진 이들이 밟지만 않으면 될 건디…. 그냥 서로 힘을 북돋아 줌시롱 살면 안 되끄나."

"아… 힘은…."

나는 라디오를 말끔히 고치고는 흡족한 미소를 짓는 김점두 아저씨의 얼굴을 바라보았다.

며칠 뒤 매서운 눈보라가 지나고 삼한사온 햇살이 좋은 날, 굽이굽이 황톳길을 걸어 망주에서 약방을 하는 고모부를 찾아갔다.

"고숙요. 나가 부자가 돼서요, 좋은 일 많이 함시롱 살고 싶은디요. 어쩌까요."

두 벽에는 천정까지 닿은 약장이, 한쪽 벽에는 책장이 놓인 방에 앉아 작두로 약초를 썰던 고모부가 내 입에 감초 하나를 넣어주었다.

"평아, 나가 젊었을 때 도시에서 장사도 해보고 느이 아부지랑 좋은 세상 만들겠다고 나서도 보고, 한때 남부럽지 않게 부자도 되어 보고 하니께 말이다. 그 길이 끝이 없드라. 남의 논 열 마지기가 백 마지기 되믄 난 또 얼마를 가져야 남 부럽지 않은 거다냐. 남 보고 사는 건 끝없는 모자람이제. 그것이 만병의 원인 아니겄냐. 그니께 요런 꿈을 가져야겠다고 너무 재촉하지 말그라. 사람은 말이다, 뜻이 먼저다. 꿈을 딱 정해놓으믄 뜻이 작아져 분다. 큰 뜻을 먼저 세워야제. 그라고 성실하고 꾸준하면 되는 거제. 시방 평이는 잘 자라나는 중인께… 쩌그 서울서 오신 어른이 선정마을에 요양 중인디. 낼 이 약재를 들고 니가 댕겨 오니라. 아부지랑도 잘 알던 사이니께."

다음 날 아침을 먹고 그 어른을 찾아뵈었다.

"으음… 네가 박정묵 선생 아들이구나. 오늘 첫 동백꽃이 피었더니 귀인이 오셨구만."

처음 맛보는 홍차랑 양과자를 내어준 어르신은 나를 바라보며 아버지를 회상했다.

"아까운 사람이 무얼 그리 바쁘다고… 의로운 뜻을 품고 험한 시대를 달리다 그 젊은 나이에 가버렸을꼬…. 맑은 눈빛이 빼닮았구나."

속정 어린 말씀에 나는 꿈에 대한 고민을 여쭤보았다. 그랬더니 어르신이 미소 띤 얼굴로 유행가 한 자락을 부르시는 게 아닌가.

"「이 풍진 세상을 만났으니 너의 희망이 무엇이냐. 부귀와 영화를 누렸으면 희망이 족하랴.」 오래전이지. 청년이던 네 아버지가 찾아와 남산 아래 우리 집에서 대취하면서 이 노래를 목 놓아 불렀느니라. 세월이 쏜살이구나. 일제 강점기에 말이다. 이 유행가 한 소절이 우리를 아프게 하고 우리를 살아있게 했지. '너의 희망이 무엇이냐' 이 물음이 사라지면 그 사람도 그 민족도 끝난 것이 아니냐. 부귀와 영화를 꿈꾸고 성공과 지위를 좇은들, 희망이 없으면 살아도 산 게 아니지. 어떤 시대 어떤 처지에서라도 사람을 살게 하는 건 희망인 게지. 머리가 하얘진 나도 희망이라는 고질병을 앓고 있으니 말이다. 하하하."

나는 집으로 돌아와 어르신의 말씀을 일기장에 또박또박 적어놓고 읽고 생각하고 또 읽곤 했다. 그리고 어릴 적 산 넘어 다니던 서당 훈장님을 찾아갔다.

"많이 커부렀구나. 또 머시 궁금해서 찾아왔는고?"

미소로 맞아주는 훈장님은 그새 많이도 굽어지고 작아져서 마음이 애렸다.

"긍께요, 훈장님. 나가 시방 꿈을 찾고 있는디요. 힘 있는 사람도 말고요 부자도 말고요, 유명한 사람이 돼서 희망을 주는 사람이 되었으면 하는디요. 어쩌까요."

기력이 쇠하여 일도 그만두신 훈장님이 내 물음을 앞에

두고서, 가부좌를 다시 틀어 곧게 허리를 세우고는 나를 응시하셨다. 처음 만나 뵐 때의 그 푸르고 위엄 어린 기운이 떨려 나왔다.

"평아, 네 이름이 뭣이냐."

"예, 제 이름이…"

"세상에 이름 없는 사람 있느냐."

"다 이름이 있지라."

"그럼 유명有名하지 않은 사람은 아무도 없제."

"아… …."

"사람의 이름은 말이다. 저마다 깨끗한 비원이 담긴 것이고 이름을 부르면서 그 뜻을 일러주는 것이제. 네 이름대로 네 길을 걸어가면 이미 유명한 사람 아니냐. 다른 사람 이름 가리지 말고, 제 이름 더럽히지 말고, 자기 이름대로 살면 그게 유명한 사람 아니냐. 알겠느냐. 평아, 이 유명한 놈아!"

"예!"

나는 훈장 선생님께 큰절을 올리고 서당을 나섰다. 속이 개안하고 깨끗했다. 나는 나직히 내 이름을 불러보며 길을 걸어갔다.

# 눈물의 기도

2월의 종업식 날이었다. 선생님이 교실 문을 열고 들어서자 왁자하던 소리도 조용, 까만 눈동자들이 일제히 선생님이 들고 온 하얀 종이에 꽂혔다.

한 명 한 명 호명 소리와 함께 성적표가 주어졌다. 영희는 입을 가리고 웃고 경석이는 얼른 덮어불고 선미는 시무룩하고 용칠이는 벌써 울상이고. 그것도 잠깐, "니는, 니 것도 좀 보제이" 서로 기웃대고 장난치며 성적표를 돌려봄시롱 기분을 달랬다.

나는 담담했다. 우가 둘이고 나머진 다 수였다. 행동 평가도 뭐 그냥 좋았다.

성적표에 따라 저마다 표정과 심정은 달라도, 인자 모두의 관심은 저 금색 테두리가 빛나는 올해의 우등상이었다.

어, 근디 근디, 내 이름이 아니었다. 우등상은 옥정이였다.

아그들이 웅성웅성 술렁이고 담임선생은 표창을 하고는 말없이 나가부렀다.

아그들이 우르르 내 책상에 몰려들었다.

"어쩌끄나… 평이 니가 받아야 하는 것인디."

"그랑께. 옥정이는 우가 네 개고 수는 세 개뿐인디."

"요것이 말이여 닭이여, 으찌 뻔한 우등상이 날아가 분다냐이."

"옥정이네 아부지가 학교 신축 관사에 큰 기부금을 냈다드만…"

다들 분통을 터뜨리며 애써 위로를 건넸다.

이번엔 꼭 우등상을 받고 싶었다. 타지에 일하러 간 엄니가 돌아오시는 날, "이런 걸 주던디요" 무심히 툭 내밀고 싶었다. "우리 아들 우등상 탔네, 장하다" 엄니가 웃으며 날 바라보면 "아 그거 별것도 아닌디" 어깨에 힘 한번 주고 돌아서서 웃고 싶었다.

참말로 그러고 싶었다. 그래서 재미도 없는 암기를 꾹꾹 했다.

눈이 내릴라는지 하늘이 흐렸다. 뜨거운 것이 솟구치는 걸 눌러 삼켰다. 나는 울지 않았다.

며칠 후 어머니가 집에 오셨다. 객지살이 중노동이 고달픈 듯 여윈 얼굴이었다. 작년까지만 해도 참 고왔는데, 엄니랑 같이 장터에 가면 빛이 나서 눈길을 끌었는데…. 어디가 다친 걸까. 물동이를 내리고 솥뚜껑을 드는 데도 가는 신음을 숨기지 못하셨다. 일 년 사이 문기둥에 새긴 내 키 눈금은 한 뼘이나 자랐는데, 훤칠하던 엄니는 두 뼘이나 작아진 것만 같았다.

나는 엄니를 기쁘게 할 무엇 하나 없어서, 애써 명랑해 봐도 자꾸 말이 짧아졌다. 돌아서면 침울한 나를 두고 엄니는 여기저기 알아보러 다니신 듯했다.

저녁 밥상에서 엄니가 두런두런 이야기를 꺼내셨다.

"평아, 니가 태어나던 밤에 말이다. 어찌나 눈이 쏟아지는지 처마까지 눈이 쌓였제. 나라를 빼앗긴 그해 설움인지 눈물인지 그렇게도 눈이 많이 왔더라는 말을 들었는디, 그 뒤로 그리 큰 눈은 처음이었제. 겨울밤에 태어난 햇덩이 같은 너를 안고 감사하다 감사하다 그 말뿐이었다. 평아, 나는 말이다… 너를 잉태하고 낳은 게 최고의 상이라 여겨왔다. 이 엄니는 너를 만나서 고난도 자랑이었고 고생도 힘든 줄 몰랐다. 그거면 되었다."

가만히 나를 안고 토닥여주는 어머니의 품에서 싸락눈 냄새가 났다. 하얗고 시리고 서러운.

그날 밤 어머니는 촛불 아래 유난히 긴 묵주기도를 드리셨다. 주기도문 성모경 영광송을 바치고 또 바치다, 잠자리에 누운 내 얼굴을 어루만지며 이불을 여며주셨다. 나는 잠이 든 양 뒤척이며 돌아누웠다.

"하느님, 나는 좋은 엄마가 못 되어라. 학교 한 번 못 찾아가 보고 저런 억울한 일을 당했는디 나가 아무것도 해줄 수가 없어라. 그랑께 못난 이 어미를 대신해 하느님이 평이 좀 지켜주씨요. 하느님이 쓰실 아그인께 좀 보살펴주씨요."

엄니의 울음 섞인 기도를 들으며 나도 눈물을 삼키며 속으로 기도했다.

"하느님, 울 엄니 좀 챙겨주씨요. 다치지 말고 아프지 말게 해주씨요. 난 아무리 해도 좋은 아들이 못 되어라. 늘 엄니 걱정만 시키고 눈물만 안 주요. 그랑께 하느님이 불쌍한 울 엄니 좀 돌봐주씨요. 나가 커서 사제가 되면 평생 하느님

챙겨드릴께라."

참말로 나는 내내 '좋은 자식'이 아니었다. 젊어서 홀로된 울 엄니도 '좋은 부모'는 아니었다. 국민학교 입학식 날도, 운동회 날도, 내 발표회 날도, 졸업식 날까지도 엄니는 한 번도 학교에 와준 적이 없었다. 백일 사진 돌 사진 기념 사진 한 장 찍어 남겨준 것도 없었다. 여행이나 생일 잔치 한 번 해준 적도 없었고, 자랑스럽다 사랑한다는 말을 하신 적도 없었다.

그랬다. 울 엄니와 나는 '좋은 부모'도 '좋은 자식'도 아니었다. 그저 말없이 곁을 지키며 함께했고 서로를 향해 눈물의 기도를 바쳐줄 뿐이었다. 어머니가 내게 좋은 자식이 되어주기를 바라지 않았기에 나는 나 자신이 되고 나의 길을 찾아 나아갈 수 있었다.

"평아, 니 엄니는 말이다. 갈대 같은 몸으로 바위 같은 짐을 지고도 저리 곧고 정한 여인이구나."

장터에서 마주친 아부지 지인들이 젖은 음성으로 내 머리를 쓰다듬어주던 날이면, 나는 이불 속에서 하느님한테 울 엄니 좀 챙겨달라고 눈물로 청원하곤 했다.

엄니 또한 내가 다칠 때나 아플 때나 슬플 때나 좌절할 때마다 잠든 내 머리맡에서 눈물의 기도로 날 지켜왔음을 나는 알고 있다.

그러고 보니, 한 날도 빠지지 않은 어머니의 기도 속에 자신을 위한 기도는 없었다. 다 자식을 위한 기도였고 어렵고 애통한 이들을 위한 기도였고 못난 나를 위한 눈물의 기도였다.

아 내겐 세상에서 가장 강력한 가호자가 있으니. 그 눈물의 기도가 나의 힘, 나의 빛이었으니. 눈물의 자식은 망하지 않으니.

## 그날 소년 졸업하다

동강국민학교 졸업식 날이었다. 전교생이 모인 운동장에서 우등상과 모범상이 수여되고, 교장선생님 훈화가 이어지고, 후배들이 낡은 풍금 소리에 맞춰 "빛나는 졸업장을 타신 언니께…" 졸업 축가를 부르고, 우리는 쓰던 교과서를 물려주었다. 마지막으로 각반 교실에서 담임선생님의 호명 속에 졸업장이 주어지고 처음으로 다들 모여서 사진 한 장 찍고, 끝났다. 나의 소년시대가 이렇게 끝났다.

성적이 좋은 아이들은 큰 도시로 진학하게 되었고, 중학교도 가지 못 하는 많은 아이들은 처음이자 마지막인 이 학교를 뒤로하고 흩날리는 싸락눈처럼 웅크리며 헤어졌다.

나의 졸업장은 빛나지 않았다. 눈발 날리는 교정을 돌아보니, 빛나는 나의 길은 학교라는 저 너머에 있는 듯했다. 학교는 그 의도와는 전혀 상관없이 나에게 놀라운 선물을 안겨주었다.

우리 동네만이 아닌 다른 동네의 또래 아이들이 다 모여 날마다 얼굴을 맞대고 갈등하고 어울리면서 동무가 되고, 시험 때는 늘 떨리고 괴로워도 다 같이 힘들어서 괜찮았고, 선생님한테 매 맞고 벌 받고 분해도 우리끼리 모이면 그딴 건 아무것도 아니었다. 그 순수한 우정의 힘으로 나는 더 커지고 푸르렀다.

나는 이 교정에서 그 애를 만났고 설렜고 아팠고 첫사랑에 가슴을 찔렸다. 날이 좋아서, 꽃이 좋아서, 어둑한 교실의 나무 의자에 앉혀진 엉덩이는 왜 그리 들썩이는지, 햇살이 눈부신 산내들과 방죽길로 달려나가고만 싶은지.

불의한 강압에 '아닌디요! 난 그리는 안 할라요!' 맞서고 버티고 울면서 내 정신의 근육은 더 강해졌다. 이 썩을 놈의 학교 안에서, 좋고 나쁜 선생님과 동무들 속에서, 쓰라리고 눈부셨던 경험들 가운데, 내 안의 숨은 무언가 불끈불끈 자랄 수 있었다고 생각했다. '평아, 많이 겪었다이. 많이 커부렀다이.'

졸업식 끝난 교정에는 나 혼자였다. 죽은 아부지도 올 리 없고 엄니도 곁에 없고 누구 하나 와주고 축하해줄 사람 없는 내 인생의 첫 졸업식 날. 나는 괜시리 찡해져서 혼자 학교를 천천히 돌아보고 있었다.

"여그 있었냐이, 아까부터 찾았다야."

내 짝꿍 광선이였다.

젖먹이 때 아부지가 돌아가시고 엄니는 집 나가서 얼굴도 모르고 허리 굽은 할머니랑 사는 광선이. 덩치는 타고나서 다른 아그들보다 훌쩍 큰 데다 말이 없고 잘 웃지도 않고 공부 꼴찌는 맡아 놓던 광선이. 나무로 깎아 만든 필통을 내게 주고는 슬그머니 돌아서곤 하던 광선이.

"먼 눈이다여. 날이 찹네이."

우리는 싸락눈 속을 걷다가 아름드리 팽나무 아래 앉았다.

"쩌그 머시냐… 인자 평이 니는 벌교중학교로 유학 떠나고, 나는 중학교를 못 가니께 나대로 길을 떠나고. 우리가 또 언제 으디서 만날란지 이대로 못 볼란지 누가 알겄냐잉. 긍께로 나가 맘에 담아둔 말이 있는디 말이시…. 평이 니가 다들 멀리하던 나랑 일부러 짝꿍 해주고 알게 모르게 챙겨준 거 다 안다야. 니가 글쓰기 대회에 당선됐을 때 안 있냐. 그때 상으로 받아온 연필 한 다스를 나한테 툭하니 내밀고 가는디 나가 눈물이 막 나불드만."

"니는 별걸 다 기억하고 그란다냐."

"솔직히 나가 아부지 엄니도 없이 학교 다님시롱 많이 힘들었다야. 선생이랑 아그들이 나보고 돌대가리라 하드만.

그 말도 맞긴 맞제이. 나가 늘 시험은 꼴찌였으니께. 근디 말이시, 나가 아침부터 일어나서 밭 열 뙈기랑 논 두 마지기 일하고 학교 갔당께. 학교 끝나면 또 가서 마당 일하고 나무해 지고 내려오고. 그니께 책상에만 앉으면 졸음이 막 쏟아져 부는 것을 어쩐다냐. 맨날 졸기만 한다고 때린 선생 중에 나만큼 논 갈고 밭 간 사람 있으면 나와보라 그래라이.

나가 암만 '꼴찌 광선이'라도, 한 번은 이런 말을 하고 싶었당께. '선생님! 1등 하는 아그도 힘들겄지만요, 꼴찌 해주기도 을매나 힘든디요. 맨날 우리가 박수 쳐줬으니께 한 번쯤은 잘나가는 아그들이 우리한테 박수 쳐줌시롱 '친구들 고맙습니다. 덕분에 1등을 했습니다.' 이런 말 한번 들어보고 싶네요잉.' 결국 속으로만 하고 입 밖으로는 못 꺼냈제. 하하하."

"장하다이. 그동안 못 받은 박수 나가 다 줘 불란다이."

나는 손이 빨개지도록 손뼉을 쳐주고는 광선이 등을 두드려줬다.

"나가 시험 꼴찌라고 다 꼴찌는 아니제잉. 꿀벌 치는 건 나가 박사 아니냐. 산에 나물이랑 버섯이랑 열매들이 으디 있는지도 젤로 잘 알고. 공부 빼고는 손 가는 일이며 힘 쓰는 일이며 못 하는 게 없응께로 동네 사람들이 꿩 잡아달라,

닭장 지어달라, 외양간 고쳐달라, 만날 불러 쌌제이."

"암만, 나가 알제. 니 손재주. 니가 만들어준 연필통 잘 쓰고 있다야. 그란디 광선이 니는 소망이 뭐냐?"

"나가 말이시, 몇 번이고 학교 때려 쳐불라 안 그랬냐. 근디 월사금 못 내서 손바닥 맞은 날이제. 학교 빼먹고 강가에 앉아 울다가 터덜터덜 걸어가는디, 울 할무니가 동구 밖까지 지팡이 짚고 나와서 '학교 잘 댕겨왔냐' 함시롱 이 웬수 같은 손주를 기다리고 있드라고. 그래서 나가 국민학교는 졸업해 불자, 맘을 먹었제. 울 할무니도 을매나 짠한가. 젊은 날 서방님 여의고 자기 손으로 아들 묻고 혼자서 나를 키움시롱…. 나가 인자 목수 일을 해볼라고. 돈 모아서 울 할무니 맛난 것 사 드리고 고운 옷 입혀 드리는 게 소원이다야."

광선이의 큰 덩치가 점차 꺼이꺼이 들썩였다. 나도 자꾸만 속이 뜨거워져서 말없이 눈발만 바라보았다. 한참을 그러다가 서로를 보고 영 머쓱해서 씨익 웃었다.

"그래도 나가 기어코 오늘 동강국민학교를 졸업해 부렀다! 자, 여그 내 이름 박힌 졸업장 좀 봐라잉. 이것이 내 처음이자 마지막 졸업장 아니겄냐. 내가 이걸 해내 부렀다 이 말이제. 고맙다이, 기평아. 나가 크면 말이시… 나처럼 안 된 사람들, 나같이 운 없고 속 아픈 사람들 곁에 짝꿍으로 앉아

줄 거다. 평이 니가 내 짝꿍 해준 것맨키로."

우리는 시린 손을 불며 일어나 교문을 나섰다.

졸업식 대목을 맞아 학교 앞에 하나뿐인 중국요리집 굴뚝에 하얀 연기가 날리고, 터엉터엉 면발 치는 소리가 길가까지 울렸다. 좀 사는 집 아그들이 가게 문을 나서며 내게 살가운 작별 인사를 건네 오는데, 그 아이의 인사보다 그 아이 입술에 묻은 진갈색 짜장면 냄새가 미치게 속을 끌어당겼다.

국민학교 졸업장이 광선이에게는 아마도 처음이자 마지막인 대단한 졸업장일 것이다. 이런 날, 이 쓸쓸한 작별의 날, 광선이에게 짜장면을 곱빼기로 사주고 싶은데, 그럴 수 있다면 참말 좋겠는데….

나는 침을 꿀꺽 삼키고 허리를 곧게 편 뒤 광선이의 손을 잡고 빠르게 중국요리집 앞을 지나쳤다. 그리고 장터 국밥집 앞에서 광선이에게 잠시 기다리라고 한 뒤 유리문을 힘차게 열었다.

둥근 드럼통 식탁에 둘러앉은 왁자한 손님들을 지나 여주인장 앞에 섰다.

"안녕하신가라. 나가 오늘 졸업을 했는디라, 시방 돈이 쪼까 모자라요이. 중학교 첫 방학 때까지 꼭 갚을 테니 국밥 두 그릇만 주씨요. 오늘 꼭 밥 한 끼 사줘야 할 동무가 있어서 앞뒤 없이 안 이러요. 나요, 약속을 지키는 남자요!"

국밥을 말다가 느닷없이 요것이 뭐시당가, 주인아주머니가 내 눈을 빤히 바라보다 웃으며 말했다.

"하이고, 오늘이 국민학교 졸업식이라 이거제이. 그랑께 그냥 딱 밥을 내주시라 이 말이제이. 하 참… 낯이 익긴 헌디 부모님은 졸업식에 안 오셨는가? 부모님 함자가 어찌 되는가?"

"부모님 이름은 팔아먹지 않을라요. 내 신용으로 나가 꼭 갚을라니께 믿어주씨요이. 가진 게 꿈과 앞날밖에 더 있겠소잉."

"오매, 오매, 배포 좀 보소잉. 커서 거시기 인물 되겄네잉."

앞치마에 손을 닦고 나를 한 번 보고 창밖을 한 번 보고, 또 나를 보던 주인아주머니가 시원스레 질렀다.

"여그 창가 쪽에 앉으소. 새 청년!"

어디서 이런 용기인지 객기인지가 나왔을까. 이런 건 나가 쑥맥인디. 차암 나한테 이런 구석도 다 있네잉. 나는 후끈거리는 낯빛을 감추며 주인아주머니께 허리 숙여 인사를 드리고 문밖에 있던 광선이를 불렀다.

자리에 앉자 설설 끓는 국밥 두 그릇이 나왔다. 나랑 광선이는 후우후우 정신없이 국밥을 비웠다. 바쁘게 오가던 주인장이 흐뭇한 곁눈질로 우리를 살피더니 국밥 두 그릇을 새로 내주셨다.

"하이고 안 되겠그만. 자고 나면 죽순 같이 자랄 때라, 외상값 받을라믄 잘 맥여야겠구만. 호호호."

그러드만, 맑은 동동주 한 주전자도 슬쩍 내밀었다.

"쩌그 학교 선생들 오가니 티 안 나게 마시소잉."

우리는 주거니 받거니 술 한 주전자를 다 비웠다. 얼었던 몸이 뜨끈해졌다. 식사를 마치고 광선이에게 먼저 나가 있으라고 한 뒤 주인아주머니께 갔다.

"아따, 보통 사이가 아닌 갑네잉. 보기 좋네. 인생에 좋은 친구랑 같이 가면 눈보라 길도 꽃길 아니겄는가. 중학교 가서 공부 잘하고 종종 들려주소잉."

나는 감사를 표하고 첫 방학 때까지 꼭 갚겠다고 재차 언약을 드리고 가게를 나섰다.

광선이랑 나는 싸락싸락 눈길을 걸어갔다. 살짝 오른 취기로 속은 훈훈했으나 이별을 앞둔 마음은 싸아했다. 인자 광선이는 어떤 날들을 걸어갈까. 나는 중학생으로 어떤 일들을 겪게 될까. 우리는 또 언제 어떻게 다시 만날까.

눈발이 얼굴에서 녹아내렸다. 아무 말도 하지 않았다. 그래야만 할 것 같았다. 갈림길에서 우리는 멈춰 섰다. 광선이는 이 몇 시간 사이에 '만년 꼴찌', '불우 소년'에서 푸르른 청년으로 내 앞에 서 있었다.

"고맙다이. 내 유일한 짝꿍."

광선이의 작별 인사에 나는 한참을 말없이 바라보았다.

고백하자면, 광선이랑 짝꿍을 한 건 좋아서가 아니었다. 다들 냄새나는 옷을 입고 맨날 꼴찌만 하는 광선이랑 짝꿍하기 싫어했다. 나도 예쁜 여자애랑 짝꿍 하고 싶었고 공부 잘하고 빛이 나는 아이랑 짝꿍 하고 싶었다.

아무도 앉고 싶어 하지 않는 광선이랑 짝꿍을 한 것은 솔직히 내 마음이 편하기 위해서였다. 맨 구석 자리에 혼자 앉아있는 광선이를 볼 때면 내내 마음이 까시로왔다.

그리고 공소에 앉아 기도할 때마다 '평아, 지금 니는 어느 짝꿍 자리에 앉아있는 것이냐. 나는 여그 고아와 병자들과 굶주린 자들 곁에 짝꿍으로 앉아있는디, 평이 니는 누구 곁에 앉아있느냐.' 그런 소리가 울려와 나를 못살게 했기 때문이다. 광선이한테 차마 이 말은 못했다.

우린 주머니에 시린 손을 넣은 채 헤어졌다. 나는 동백나무 언덕길을 돌아가기 전에 한번 돌아봤다. 광선이가 눈발 사이로 가뭇하게 손을 흔들고 있었다. 나도 손을 흔들고 돌아서서 힘차게 앞을 향해 걸어갔다.

그렇게 나의 소년시대는 끝이 났다.

참, 내가 벌교중학교 1학년이 되고 첫 방학 때 신문 배달을 해 번 돈으로 외상값을 갚았다. 동동구르무도 한 통 사다 드렸다. 광선이와 밥을 먹던 창가 자리에 앉아 나는 비어 있는 내 짝꿍 자리를 오래도록 바라보았다.

## 작가의 말

삶은 바람처럼 흘러가고,
나는 지금 지나온 시간의 굽이를
아득히 돌아보고 있다.

오랜 기억 속에 아로새겨진 기쁨과 슬픔의 순간들이 내 마음 깊은 곳에 부딪쳐 탁, 불꽃이 켜지며 환하고 시리게 되살아나곤 한다.

사람은 누구나 자기 안에 소년 소녀가 살아있다. 어느덧 70성상星霜을 바라보는 내 안에도 소년이 살아있다. 내 안의 소년은 '눈물꽃 소년'이다. 해맑고 명랑한 얼굴로 달려와 젖은 눈동자로 나를 바라보곤 한다.

돌아보면, 인간에게 있어 평생을 지속되는 '결정적 시기'가 있다. 그 첫 번째는 소년 소녀 시절이다. 인생 전체를 비추는 가치관과 인생관과 세계관의 틀이 짜여지고, 신생新生의 땅에 무언가 비밀스레 새겨지며 길이 나버리는 때. 단 한 번뿐이고 단 하나뿐인 자기만의 길을 번쩍, 예감하고 저 광대한 세상으로 걸어나갈 근원의 힘을 기르는 때. 그때 내 안에 새겨진 내면의 느낌이, 결정적 사건과 불꽃의 만남이, 일생에 걸쳐 나를 밀어간다.

이 책은 나의 소년시대 이야기다. 1960년대, 그러니까 불과 두 세대 전의 이야기이다.

나는 한반도의 남도 끝자락 작고 작은 마을인 동강에서 자라났다. 서세동점西勢東漸의 한말과 망국, 일제 식민 치하와 6·25전쟁의 참화, 그 폐허와 빈곤의 한가운데로 역사의 기관차가 내달리며 문명이 급진하던 때였다.

그러나 내가 살던 그곳은 아직 전기도 들어오지 않은 채 저 오랜 전통의 생활을 이어가고 있었고, 오염되지 않은 땅처럼 그대로였다.

내가 커 나온 시대는 어두웠고 가난했고 슬픔이 많았다. 다행히 자연과 인정人情과 시간은 충분했다. 그때 우리는 혼자가 아니었다. 가난과 결여는 서로를 부르고 서로를 필요로 하게 했다. 쓸모 없는 존재는 한 명도 없었다. 노인들도 아이들도 제 몫의 일들이 있었고, 대지에 뿌리박은 공동체 속에서 우리 각자는 한 인간으로 강인했다.

선대先代의 낡은 관념과 관습이 얼음강처럼 짜개지던 속에서도 우리는 인간의 도리와 원칙, 감사와 책임, 절제와 헌신을 익혔고 스스로 자기 앞가림하는 능력과 함께 더불어 살아가는 삶의 지혜를 배웠다. 야생의 감각과 여백의 자유

와 따뜻한 심성의 인간적 풍요를 누렸다.

그리고 간절함, 간절함이 살아있었다. 기다림과 견디는 힘이 살아있었다. 모두가 내일은 더 나아질 거라는 희망을 품고 있었다. 그것이 고난 속에서도 우리를 살아가게 하는 힘이었다.

언제부턴가 너무 빨리 잃어버린 원형의 것들이, 인간성의 순수가, 이토록 순정하고 기품 있는 흙가슴의 사람들이 바로 얼마 전까지 있었다. 이제 다시는 돌아갈 수 없는 가슴 시린 나의 풍경이었다.

지나온 시대에 비추어 지금 우리는 넘치는 물질과 속도, 첨단과 편리, 기술과 정보, 재미와 자유의 21세기를 살고 있다. 그리고 다시, 시대가 격변하고 있다. 전능한 기계 인간이

도래하고 인간은 기계가 되어가는 시대. 그러나 문명의 급진보다 더 빠르고 무섭게 인간 그 자신이 급변하고 있다. 지금 우리에게 벌어지고 있는 일들을 정리하고 성찰할 틈도 없이, 갈수록 시간은 더 빠르게 나를 휩쓸고 지나쳐간다.

자유 민주 평등의 고원에 선 진보된 '나 개인의 시대'에 성취만큼이나 잃어버린 것 또한 크고 깊어서, 고귀한 인간 정신과 미덕은 땅에 떨어져 내렸고, 수천 년을 이어져온 희망의 씨알은 유실되고 망각되고 있다.

너무 과열되고 너무 소란하고 너무 눈부신 이 진보한 세계 가운데서 우리 몸은 평안하지 못하다. 우리 마음은 늘 초조하고 불안하여 안식하지 못한다. 아이들조차 성공을 재촉당하고 과잉된 보호와 기대 속에 스스로 부딪치고 해내면서 제 속도로 자라지 못한다.

세상이 하루하루 독해지고 사나워지고, 노골적인 저속화와 천박성이 우리 영혼을 병들게 하는 지금. 우리는 우울과 혐오와 무망無望의 감정에 휩싸여 있다.

'우리에게 희망이 있는가' 깊은 물음이 울려올 때면 나는 내 안의 소년을 만난다. 간절한 마음과 강인한 의지가 살아 있던 눈물꽃 소년으로 돌아가 다시 힘을 길어 올린다.

인간으로 태어난 이상 누구도 가진 것이 없는 사람은 없다. 나의 유산은 결여와 상처, 고독과 눈물, 정적과 어둠이었다.

어둠 속에 빛나는 것은 밤하늘의 별빛만이 아니었다. 사람이 빛나고 있었다. 그 눈빛이 빛나고 있었다. 어둠에 잠긴 사유가, 간절한 마음과 의지가 빛나고 있었다. 그렇다. 깊은 어둠에 잠겨 살아온 내 마음에는 어둠이 없었다. 어둠이 잉태한 그 무엇이 비밀히 자라고 있었고 어둠 속에 길을 찾는 내 눈동자는 빛이 되었다.

이제야 나는 내가 받은 위대한 선물이 무엇인지를 실감한다. 결여와 정적과 어둠이 하나의 축복이었음을.

언뜻 낙후되고 고난으로 보이는 그것들이 어떻게 나를 키우고 내가 되게 했는지 나는 이야기해야 한다.

이것은 오랜 시간을 더듬어 써 내려간 나의 기억이고 이야기다. '경험하는 나'와 '기억하는 나'는 다르다. 기억은 또 해석과 표현에서 달라진다. 중요한 것은 내가 어떻게 기억하느냐는 것이다. 그리고 다른 그 무엇보다 중요한 것은 자신의 경험과 기억을 품고 오늘 여기에서 진실을 살아내는 것이다.

내가 가진 단 하나의 확실한 근거는 '내 살아온 동안'이라는 나의 기억, 나의 역사이다. 그 불꽃의 만남과 상처의 통증과 내밀한 각성이 내 안에 생생히 흐른다. 이것이 내가 나일 수밖에 없는 이유이며, 나만의 길을 갈 수 있는 힘의 근원이다.

인류의 가장 중요한 유산은 이야기다. 자기 시대를 온몸으로 관통해온 이야기, 자신만이 살아온 진실한 이야기, 그것이 최고의 유산이다.

오늘도 이렇게 몸부림치며 쓰는 건 내 안에 품어온 오래된 희망의 불씨가 있기 때문이다. 가이 없는 우주의 한 모퉁이 지구의 오직 그 장소 그 시간에 내가 겪은 세상과 시대, 내가 만난 인간의 분투와 경이를 기억하고 전승해야 하기 때문이다. 누구도 대신할 수 없는 나만의 체험과 증언이 있고, 나에게 계승된 한의 사랑과 비밀한 전언이 있기 때문이다.

내가 남겨줄 것은 여기까지 품고 온 그 사랑의 불이고, 진정한 나 자신을 찾아 걸어온 한 인간으로서의 이야기다.

나 또한 '참말'을 할 수 있는 삶을 사신 할머니와 어머니와 앞서 간 이들의 오래된 꿈과 여정, 온몸으로 깨쳐온 사람의 도리와 지혜, 그 헌신의 아름다움이 빛나는 이야기 속에 자라나 오늘의 내가 되었으니.

어린 나를 품어 기른 이들은 나보다 더 힘들고 괴로운 시대를 견뎌냈다. 그들이 내 안에 살아있다. 그들이 내 안에서 말을 한다. 우리는 그 모든 걸 품은 위대한 역사적 존재다. 아무리 오늘이 힘들어도, 다시 고난이 닥쳐와도, 그래도 우리는 살아왔고 그래도 우리는 살아갈 것이다.

불안한 오늘을 살아가는 아이들과 청년들에게 내 안의 소년이 말을 한다. '힘든 거 알아. 나도 많이 울었어. 하지만 너에겐 누구도 갖지 못한 미지의 날들이 있고 여정의 놀라움이 기다리고 있어. 그 눈물이 꽃이 되고 그 눈빛이 길이 될 거야.'

돌아보면, 내가 진정으로 살았구나 기억되는 순간은 영혼의 순수가 가장 빛나던 시간, 삶의 정수만을 살았던 소박하고 순정하던 날들이었으니. 언뜻 은밀하고 무심하던 어린 날의 시간이 실상 가장 밀도 높고 충만한 생의 시간이었고 거기 잊히지 않는 나의 절정 체험이, 아직 풀리지 않는 생의 신비가, 굽이쳐온 생의 원점이 빛의 계단처럼 놓여있으니.

길 잃은 날엔 자기 안의 소년 소녀로 돌아가기를.

아직 피지 않은 모든 것을 이미 품고 있던 그날로.

넘어져도 다시 일어나 앞을 향해 달려나가는

영원한 소년 소녀가 우리 안에 살아있으니.

그날의 소년이 오늘의 너에게 눈물꽃을 건넨다.

2024년 2월

박노해

## 박노해

**1957** 전라남도 함평에서 태어나 고흥, 벌교에서 자랐다. 16세에 상경해 노동자로 일하며 선린상고(야간)를 다녔다. **1984** 27살에 첫 시집 『노동의 새벽』을 펴냈다. 이 시집은 군사독재 정권의 금서 조치에도 100만 부가 발간되며 한국 사회와 문단을 충격으로 뒤흔들었다. 감시를 피해 쓴 박노해라는 필명은 '박해받는 노동자 해방'으로, 이때부터 '얼굴 없는 시인'으로 알려졌다. **1989** 〈남한사회주의노동자동맹〉(사노맹)을 결성했다. **1991** 7년 여의 수배 끝에 안기부에 체포되어 24일간 고문을 당했다. 검찰 측은 '반국가단체 수괴' 죄목으로 사형을 구형했다. "당신들은 나를 죽일 수는 있어도, 나의 사랑은 결코 꺾을 수 없을 것입니다."(최후진술 중) 사형을 구형받고 환히 웃던 모습은 강렬한 울림을 남겼다. 결국 무기징역을 선고받고 34살에 1평 남짓한 감옥 독방에 갇혔다. **1993** 옥중시집 『참된 시작』을 펴냈다. **1997** 옥중에세이 『사람만이 희망이다』를 펴냈다. **1998** 7년 6개월 만에 석방되었다. 이후 민주화운동가로 복권됐으나 국가보상금을 거부했다. **2000** "과거를 팔아 오늘을 살지 않겠다"며 권력의 길을 뒤로 하고, 비영리단체 〈나눔문화〉(www.nanum.com)를 설립해 '생명 평화 나눔'의 사상과 실천을 이어갔다. **2003** 미국의 이라크 침공 직후 "울고 있는 아이들 곁에 있어라도 주고 싶습니다"라며 이

라크 전쟁터로 떠나 평화활동을 펼쳤다. 2006 레바논 내 최대 팔레스타인 난민촌 아인 알 할웨에 〈자이투나 나눔문화학교〉를 세워 난민 아이들을 지원하고 있다. 2010 팔레스타인·아체·쿠르드·버마 등에서 평화나눔을 이어가며, 현장의 진실을 전하고자 카메라를 들었다. 낡은 흑백 필름 카메라로 기록한 사진을 모아 첫 사진전 「라 광야」展과 「나 거기에 그들처럼」展(세종문화회관)을 열었다. 이어 시집 『그러니 그대 사라지지 말아라』를 펴냈다. 2012 〈나눔문화〉가 운영하는 〈라 카페 갤러리〉에서 박노해 사진전을 상설 개최하고 있다. 22번의 전시 동안 39만 명이 관람했다. 2014 지구시대 좋은 삶의 원형을 담은 「다른 길」展(세종문화회관)을 개최하며 『다른 길』을 펴냈다. 2019 『하루』를 시작으로 '박노해 사진에세이' 시리즈 6권, 2020 시 그림책 『푸른 빛의 소녀가』, 2021 경구집 『걷는 독서』, 2022 시집 『너의 하늘을 보아』를 펴냈다. 2024 감옥에서부터 30년간 써 온 책, 우주에서의 인간의 길을 담은 사상서를 집필 중이다. '적은 소유로 기품 있게' 살아가는 삶의 공동체 〈참사람의 숲〉을 꿈꾸며, 오늘도 시인의 작은 정원에서 꽃과 나무를 기르며 새로운 혁명의 길로 나아가고 있다.

**박노해의 걷는 독서** parknohae park_nohae

## 저서

### 너의 하늘을 보아 박노해 시집

무언가 잘못된 세상에 절망할 때, 내 영혼이 희미해져갈 때, 별빛처럼 비춰줄 301편의 시. 고난과 어둠 속에서도 '빛을 찾아가는 여정'에 자신을 두었던 박노해 시인의 통찰과 울림. 이 시를 읽기 전의 나로 돌아갈 수 없는 강렬한 시적 체험. "아무것도 없다고 생각되는 순간조차, 우리 모두에게는 자신만의 하늘이 있다." 528p | 19,500 | 2022

### 걷는 독서 박노해 경구집

단 한 줄로도 충분하다! 한 권의 책이 응축된 듯한 423편의 문장들. 박노해 시인이 감옥 독방에 갇혀서도, 국경 너머 분쟁 현장에서도 멈추지 않은 일생의 의례이자 창조의 원천인 '걷는 독서'. 온몸으로 살고 사랑하고 저항해온 삶의 정수가 담긴 문장과 사진이 어우러져 언제 어디를 펼쳐봐도 지혜와 영감이 깃든다. 880p | 23,000 | 2021

### 올리브나무 아래 박노해 사진에세이 06

삶의 화두와도 같은 주제로 해마다 출간되는 '박노해 사진에세이' 시리즈 여섯 번째 책. 깊은 올리브 빛 표지를 열면, 천 년의 올리브나무 숲이 펼쳐진다. 박노해 시인이 세계에서 담아온 37점의 올리브나무 사진과 이야기로 전하는 강인한 힘과 신성한 빛. 우리는 더 푸르르고 강인해질 수 있다. 저 광야의 올리브나무처럼! 120p | 20,000 | 2023

## 그러니 그대 사라지지 말아라 박노해 시집

내 영혼을 뒤흔드는 시. 저항과 영성, 교육과 살림, 아름다움과 혁명 그리고 사랑까지 붉디 붉은 304편의 시가 담겼다. 인생의 갈림길에서 길을 잃고 헤매는 순간마다 삶의 길잡이가 되어줄 책. 입소문만으로 이 시집을 구입한 7만 독자가 증명하는 감동. "그러니 그대 사라지지 말아라" 그 한마디가 나를 다시 살게 한다. 560p | 18,000 | 2010

## 사람만이 희망이다 박노해 옥중에세이

34살에 '불온한 혁명가'로 사형을 구형받고 무기징역을 선고받은 박노해. 그가 1평 남짓한 감옥 독방에 갇혀 7년 여 동안 써내려간 옥중에세이. "90년대 최고의 정신적 각성"으로 기록되는 이 책은, 희망이 보이지 않는 오늘날 더 큰 울림으로 되살아난다. 살아있는 한 희망은 끝나지 않았다고. 다시, 사람만이 희망이라고. 320p | 15,000 | 2015

## 노동의 새벽 박노해 첫 시집

1984년, 27살의 '얼굴 없는 시인'이 쓴 시집 한 권이 세상을 뒤흔들었다. 군부정권의 금서에도 100만 부가 발간된 불멸의 고전. 억압받는 천만 노동자의 영혼의 북소리로 울려 퍼진 노래. "박노해는 역사이고 상징이며 신화다. 문학사적으로나 사회사적으로 우리는 그런 존재를 다시 만날 수 없을지 모른다."(문학평론가 도정일) 172p | 12,000 | 2014

# 눈물꽃 소년

내 어린 날의 이야기

2판 11쇄 발행 2024년 9월 27일
2판 1쇄 발행 2024년 4월 4일
초판 11쇄 발행 2024년 3월 23일
초판 1쇄 발행 2024년 2월 22일

글·그림 박노해
편집 김예슬 교정 윤지영
디자인 홍동원 제작 윤지혜
홍보 이상훈 신소현

종이 월드페이퍼 북크로스 정인통상
인쇄 천광인쇄사 제본 광성문화사
후가공 신화사금박

발행인 임소희 발행처 느린걸음
출판등록 2002.3.15 제300-2009-109호
주소 서울시 종로구 사직로8길 34, 330호
전화 02-733-3773
이메일 slow-walk@slow-walk.com
인스타그램 @slow_walk_book


ISBN 978-89-91418-36-3 03810